프로방스가 들려주는

여행 이야기

프로방스가 들려주는

여행 이야기

라벤더의 향기가 매혹스러운 낯선 이방의 평원

강형선 지음

프로방스 여행의 트라이앵글(triangle)부터
남프랑스 지중해 리비에라(Riviera)까지

좋은땅

발랑솔(Valensole) 마을의 라벤더(lavender) 평원

링컨(A. Lincoln, 1809~1865) 대통령은 '사람은 스스로 행복해지려고 결심한 정도만큼 행복해진다'라는 말을 남기었다. 생활이 풍족해져도 여전히 불행하다고 느끼는 현대인들에게 행복의 근원이 자신의 마음가짐 속에 있음을 일러 주는 말이다. 이 시간에도 공원을 산책하는 사람, 자전거를 타면서 땀을 흘리는 사람, 카페에서 여유롭게 커피를 마시는 사람, 모두가 행복해지려고 노력하는 사람들이다. 그리고 행복도 결국은 노력을 통해 얻어지는 열매임을 알게 된다. 물론, 행복이 그저 바람처럼 불어오는 것이라고 믿는 사람들에게는 쉽게 수긍되지 않겠지만 가만히 들여다보면, 하늘에서 떨어지고 그저 주어지는 행복이 세상에 어디 있겠는가? 결국 인간은 노력이라는 산을 넘고 바다를 지나 행복의 나라에 이르도록 만들어진 존재임을 인정하지 않을 수 없을 것이다. 그러므로 사람의 인생에서 그 길이는 손댈 수 없으나 개인의 노력 여하에 따라 얻어지는 행복의 깊이와 넓이는 달라질 수 있으니 이 시간도 행복한 인생이 되기 위해 어찌 노력하지 않으랴.

사람은 어릴 때만 아니라 나이가 들어도 행운의 여신이 찾아 주기를 기대한다. 갑자기 시간이 멈추면서 일생의 가장 빛나는 순간이라고 직감되는 한순간이 생기기를 바란다. 소위 말하는 '별의 순간'이다. 스크린을 통해 연예인들의 감격에 찬 그런 고백을 가끔 듣기는 하지만 화려한 인기와 명성과는 무관하게 살아가는 보통 사람들에게는 좀처럼 접하기 어려운 경험이다. 하지만 보통 사람들에게도 '그런 순간'을 막연히 기대하게 만드는 계기를 굳이 찾아본다면 나에게 있어 그것은 '여행(旅行)'을 통해 얻는 '감동(感動)의 순간'이라고 말하고 싶다. 일상을 잠깐 멈추게 하는 이방 나라의 여행은 낯선 환경이 주는 약간의 경계심도 동반하지만 이와 비교할 수 없는 더 큰 해방감, 행복감을 선물한다. 동시에 삶의 모습들이 다른 이국(異國)의 사람들에 대한 호기심과 설렘, 친밀해질 것 같은 기대감도 가져다준다. 물론 모든 여행이 우리의 기분을 항상 유쾌하게 만들어 줄 것이라는 보장은 없다. 하지만 우리가 여행의 가치를 알고 그 가치 추구에 충실하다 보면 여행은 우리 내면의 앙상해지고 딱딱해진 영혼을 유화시키고 생기를 북돋우며 또, 자신을 재정비시켜 새로워지게 하는 데 일조하는 것은 분명하다. 삶의 활력소, 악센트(accent) 같은 것이다. 더 나아가 여행이 주는 무형의 이득들과 여행하는 동안 맛보는 현실로부터의 여유로움 등은 삶이 좋은 경험의 자리로 올라가는 데 작은 계단, 자양분 같은 역할을 하는 것이라고 할 수 있다.

과거 유럽의 귀족들은 자녀 교육의 목적으로 먼 타지로 여행을 보냈다고 한다. 여행을 통해 물론 고생도 하지만 보고, 듣고, 느끼는 것이 많을수록 좋은 교육이 되리라고 생각했던 모양이다.

나에게 있어 여행을 떠나기 전날 밤은 늘 벅찬 기대와 흥분으로 잠을 이루기 어려웠다. 젊었을 때나 장년의 지금이나 여행 그 자체는 나의 인식과 세계관을 흔들 수 있는 새로운 도전이었고 멋진 경험들이었다. 여행을 다니는 시간도 행복했지만 오랜 시간이 지나 여행의 순간들을 회상해 보는 것도 생활에 힘이 되고 의욕을 넘치게 했다. 그리고 새로운 곳을 향한 또 다른 도전과 기대감으로 미래를 부풀게 했다. 생활이 현실 세계를 벗어날 수는 없지만 그래도 잠시나마 '꿈의 순간'들을 경험할 때 세상은 현실뿐만 아니라 또 다른 '순간의 세계'가 있음을 늘 감사하게 된다. 여행 중에는 예기치 않는 어려움과 곤란들이 생길 수 있다. 몸과 마음이 지칠 때는 괜히 시작한 여행이라는 후회도 생긴다. 그러나 이런 고충들은 여행이 우리에게 주고자 하는 유익을 위해서 지급해야 하는 대가라고 생각하면 상한 마음이 조금은 상쇄가 된다.

지난했던 코로나의 긴 터널을 벗고 맞이한 23년의 여름은 언론 보도대로 억눌렸던 사람들의 욕구가 여행으로 분출되는 뜨거운 계절임을 실감케 했다. 여행객도 물가도 모두 고공행진을 하는 그 틈새에 겨우 끼어들어 나도 7월의 프로방스(Provence)로 짧지만 새로운 도전을 시도하였다. 중세와 현대가 경계를 이루는 곳, 과거의 영광과 역사가 흐르는 도시, 예술가들의 영혼이 여전히 살아 숨을 쉬는 땅, 그리고 끝없이 펼쳐진 풍요로운 들판, 라벤더(lavender)의 향기가 매혹스러운 낯선 이방의 평원, 지중해의 따가운 햇살에 잠시라도 머무르는 행운을 가졌음에 감사한다.

이 책은 짧은 여행을 2부로 나누어 정리하였다. 1부는 '프로방스 여행의 트라이앵글(triangle)'로 프로방스 여행의 핵심 세 도시인 아비뇽, 아를, 엑상프로방스를 삼각형으로 엮어 보았고 2부는 '남프랑스 지중해 리비에라(Riviera)'로 마르세유, 툴롱, 칸, 니스 모나코에 이르는 지중해 도시여행이다. 이곳 사람들의 삶의 모습들과 그들이 소중하게 지니고 있는 역사의 향기롭고 아름다운 면면들을 느낌으로 담아 서툰 글과 사진으로 남겨두고자 한다. 그리고 나에게도 여행객의 대열에 끼어들 수 있었던 기회가 주어졌음에 감사하는 마음이다.

A thing of beauty is a joy forever.
아름다운 것은 영원한 즐거움.
그 사랑스러움 날로 커 가리.
그것은 결코 줄어들어 소멸하지 않고
우리에게 한결같이 고요한 그늘을 줄 것이며
달콤한 꿈, 가득한 잠과 건강함과
조용한 숨결을 주리라.

- 존 키이츠(John Keats, 1795~1821)

2023년을 보내며
책 쓴 이

2023 France 여행 일정표		
일(요일)	**여행지**	**숙박지**
6/26(월)	집 출발	인천공항
6/27(화)	인천공항 출발 파리 도착	파리
6/28(수)	리옹	리옹
6/29(목)	아비뇽	아비뇽
6/30(금)	아를	아를
7/1(토)	엑상프로방스	엑상프로방스
7/2(일)	엑상프로방스	엑상프로방스
7/3(월)	마르세유, 툴롱, 칸, 니스	니스
7/4(화)	니스, 모나코, 아비뇽	아비뇽
7/5(수)	아비뇽, 파리	파리
7/6(목)	파리 출발	기내
7/7(금)	인천공항 도착	

프로방스가 들려주는 여행 이야기

목차

프롤로그(Prologue) — 6

2023 France 여행 일정표 — 10

제1부 프로방스 여행의 트라이앵글(triangle)

제1장 파리(Paris)로 가는 길 — 14

제2장 프로방스(Provence)로 가는 길 — 19

제3장 리옹(Lyon)의 하루 — 24

제4장 교황의 도시 아비뇽(Avignon) — 42

제5장 고흐(Gogh)가 사랑했던 도시 아를(Arles) — 77

제6장 폴 세잔(Paul Cezanne)의 영원한 고향
엑상프로방스(Aix-en-Provence) — 163

제7장 프로방스의 향기, 라벤더(lavender) 마을
발랑솔(Valensole) — 192

제2부 남프랑스 지중해 리비에라(Riviera)

제8장 마르세유(Marseille), 툴롱(Toulon), 칸(Cannes) — 208

제9장 니스(Nice), 모나코(Monaco) — 229

제1부

프로방스 여행의 트라이앵글 (triangle)

○

- 아비뇽(Avignon)
- 아를(Arles)
- 엑상프로방스 (Aix-en-Provence)

제1장

파리(Paris)로 가는 길

밤 10시 30분, 마지막 심야버스에 몸을 싣고 서울에 도착하니 새벽 2시였다. 어찌하나. 터미널에서 밤을 지내려니 허전한 느낌이 들어서 인천공항으로 택시를 타고 출발했다. 새벽길을 거침없이 달려 50여 분 만에 72,000원이란 적지 않은 요금을 지불하고 제2터미널에 도착했다. 오전 9시 5분 출발 비행기라 수속을 위해 일찍 도착한 것이 돈은 들어도 마음은 편안했다. 이제 시간에 쫓길 필요가 없다는 생각이 여행 기분을 북돋아 주었다. 공항은 낮처럼 불을 환히 밝혔으나 텅 비어 있었고 우리 같은 처지로 보이는 소수의 사람들이 남녀 구별 없이 대합실 의자를 전세 낸 듯 침대로 삼고 캐리어를 방패로 옆에 세워 둔 채 잠을 청하고 있었다.

해 뜨기를 기다리는 시간도 즐거웠고 역시 나는 여행 체질인가 보다 하는 생뚱맞은 생각이 들기도 했다. 그렇다. 인생은 자기 힘으로 걸을 수 있을 때까지라고 하지 않던가. 걸을 수 있는 감사함과 이런저런 생각으로 신기한 듯 공항 이곳저곳 돌아다니면서 밤에는 비행기도 잠을 자는구나 하는 동화 같은 유치한 생각이 들기도 했다.

어둠이 걷히자 활기를 찾는 공항. 밀려오는 여행객들로 순식간에 붐비기 시작했고 그 틈새에 끼어 수속을 밟았다. 아내의 캐리어는 휴대하고 내 것만 위탁수화물로 부치면서 12만 원의 별도 요금을 지불하고 나니 외른 물가가 새삼 실감되었다. 나중에 알고 보니 우리가 가진 캐리어는 모두 무게 기준 12kg을 초과하지 않아 기내에 휴대할 수 있었는데 지레 겁을 먹고 화장품, 세면용품류의 기내 반입금지 규정(액체류 150g 이상)에 걸릴까 봐 미리 대가를 치른 것이 되었다. 또 하나의 학습이 된 셈이다.

출국 수속은 마쳐졌고 여유를 부려 가며 허기를 채우기 위해 둘러본 식당, 카페는 온갖 화려함으로 여행객의 부푼 마음을 움직이는 유혹 같기도 하였다. 대합실에 떠 있는 애드벌룬 또한 무언의 자신의 존재 의미를 말해 주고 있는 것 같았다.

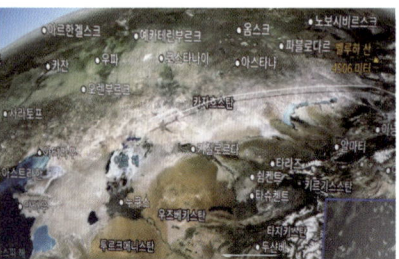

'하늘을 나는 꿈'은 인간이 가진 최고의 꿈이다. 인간이 세상에 나기 전, 먼저 존재했던 해와 달, 별들은 인간에게 경탄의 대상이었고 숭배의 대상이기까지 했다. 그들의 존재 영역을 침범하는 것은 불가능한 일이라고 여겨졌으나 결국 20세기 인간은 과학, 기술이라는 방법으로 그 꿈을 성취했다. '걸음'이라는 2차원 방식으로 살아온 인간이 '하늘'이라는 3차원 공간에서 우리가 사는 세상을 바라보았을 때 그 경이로움은 이 시대 사람들에게만 주어진 특권이었고 축복이었다. 갈 수 없고 눈으로 볼 수 없었기에 동화와도 같았던 미지의 세계가 이젠 첨단 교통수단을 통해 현실에서 보고 피부로 체험할 수 있다는 것이 과거를 살았던 인간들에겐 어찌 상상을 초월하는 꿈이 아니었겠는가.

파리로 가는 14시간 동안 설렘으로 쉽게 잠을 청할 수 없었다. 주위의 남녀노소 구분 없이 긴 비행시간을 보내기에 가장 좋은 방법으로 으레 담요의 품에 안겨 잠을 청하는 것을 보면서 저들의 일상화된 습관과 나의 촌스러움이 대비되는 듯했다. 좌석 앞의 모니터를 통해 비행경로를 확인하고 뒤쪽 창가로 나와 인천 앞 서해와 중국, 몽골의 황량한 대지를 지나 중앙아시아부터 끝없이 펼쳐지는 초원의 지평선을 신기한 듯 바라보곤 했다.

프로방스가 들려주는 여행 이야기

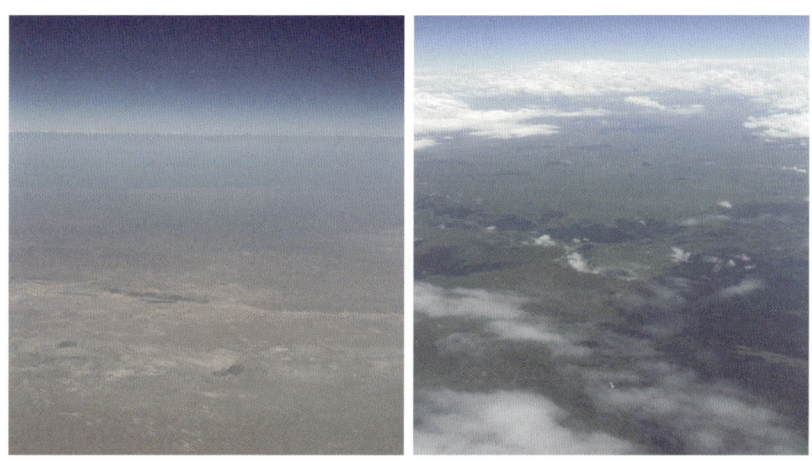

비행 항로는 끝없는 광야와 끝없는 초원을 잘 대비시켜 준다.

비행 경로 중 가장 높은 벨루아산(Belukha, 4506m)의 설봉.
러시아와 카자흐스탄의 경계로 알타이 산맥의 최고봉이다.

비행기가 유럽에 들어서면 대지의 모습은 확연히 달라진다. 잘 정돈되고 목가적인 넓은 농토가 풍요롭고 아늑한 평화로움으로 다가온다. 우리 나라와는 색다른 이국적인 풍경은 마치 외국 영화를 보는 것마냥 묘한 감정에 사로잡히게 했다.

비행기가 파리의 샤를 드골 공항(CDG)에 도착한 시간은 오후 4시경, 서머타임(Summer time)으로 이곳은 따사로운 오후의 햇살이 강하게 내리쬐고 있었다. 파리는 우리보다 7시간이 늦으니 한국은 밤 11시가 되었으리라. 14시간의 긴 비행에도 별 지친 기색 없이 시내로 가는 교외 지하철(RER-B)을 탔고 한 번 환승하여 리퍼블릭(Republique)역에 내려 인근 호텔에 첫날의 여장을 풀었다. 이제 시작이다. 이번 여행이 순조롭게 잘 진행되기를 기도하는 마음이다.

제2장

프로방스(Provence)로 가는 길

프로방스의 넓은 들녘, 우리와는 비교하기 어려운 풍요가 넘친다.

프랑스는 자연환경 면에서 축복받은 나라다. 본토의 면적이 우리 남한 면적의 5.5배에 이르고 식민 지배 시절 확보한 해외 영토까지 합치면 6.7

배에 이른다. 넓은 영토에 인구는 6,780만 명(2022년)으로 1인당 소유 면적이 우리의 4배가 넘는다. 남동부에 위치한 알프스산맥을 제외하고는 국토의 대부분이 강이 흐르는 비옥한 평야라서 농업이 발달해 있으며 유럽 국가들의 식량을 책임지고 있는 농업 강국이다. 식량자급률은 세계 최고 수준으로 무려 300%가 넘고 세계에서 수요와 인기가 높은 농축산물 품종을 거의 대부분 풍족하게 생산하고 많이 수출하는 나라이다. 선진 강국답게 거의 모든 산업 분야가 발달해 있으며 특히 문화 예술 분야에서 높은 브랜드 가치를 자랑하고 있다. 나아가 전 세계 사람들이 가장 많이 찾는 관광국 세계 1위 국가로 연간 9,000만 명(2018년 기준)에 가까운 관광객이 방문하였다.

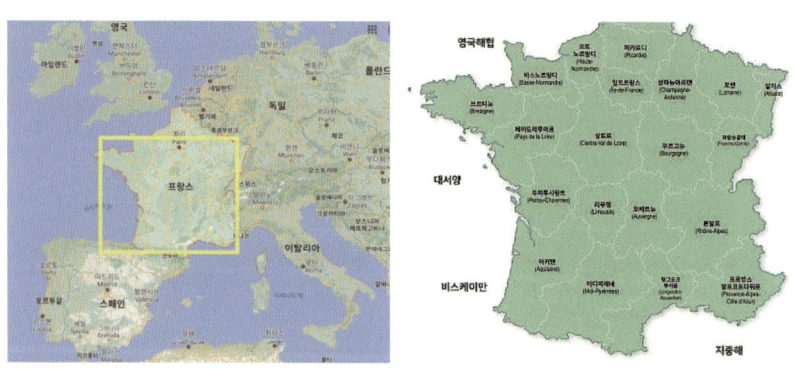

프로방스는 프랑스 남동부의 옛 이름이다. 우리나라의 도(道) 단위에 해당하는 행정구역을 레지옹(région)이라 하는데 프랑스 전역(해외 영토 포함)에는 총 18개의 레지옹이 있고 그 중 본토에 13개, 해외에는 5개의 레지옹이 있다. 프로방스는 그중 하나인 프로방스알프코트다쥐르(Provence-Alpes-Côte d'Azur) 레지옹에 속해 있다. 프로방스알프코트다쥐르는 다

시 서쪽의 프로방스와 동쪽의 코트다쥐르로 구분할 수 있는데 여행객의 입장에서는 양쪽 지역 모두가 하나의 여행코스로 연결되어 있다. 프로방스의 면적은 우리 남한 면적의 약 삼 분의 일 정도이며 인구는 500여만 명이다. 지역의 중심 도시는 프랑스의 해상 관문으로 세 번째 큰 도시인 마르세유(Marseille)이며 여행지로 잘 알려진 도시로는 아비뇽, 아를, 엑상프로방스 등이 있고 남쪽으로는 지중해와 접해 있다. 코트다쥐르는 지중해 연안으로 도시가 발달하여 동쪽으로는 모나코 공화국, 이탈리아와 국경을 접한다. 주요 도시로는 툴롱, 칸, 니스, 망통 등이 있다. 이곳은 세계적 휴양지로 프로방스 지역보다도 더 유명세를 떨치고 있는 곳이다. 특히 지중해와 북쪽의 알프스를 기반으로 성장한 관광업의 비중이 높아 인구의 80% 이상이 서비스업에 종사하고 있으며 프랑스 본토에 있는 일곱 개의 국립공원 가운데 네 개가 이곳에 있을 정도로 빼어난 자연 풍광을 자랑한다. 특히 따사로운 지중해성 기후는 일 년 중 350일 정도가 쾌청하여 18세기 이래로 일광욕에 목마른 북유럽, 서유럽의 부유한 휴양객들을 끌

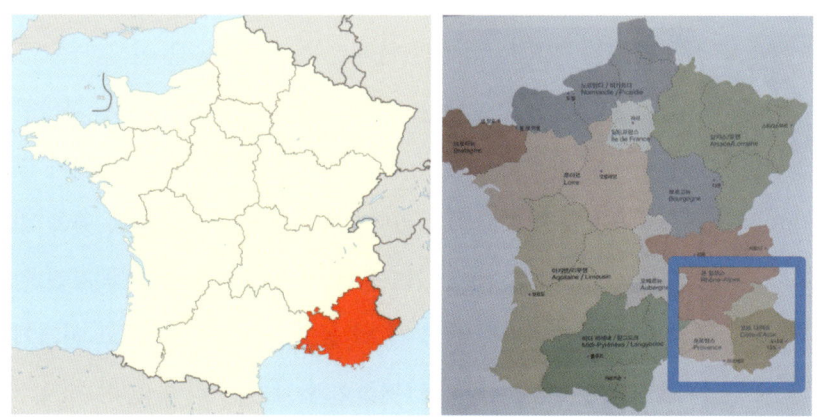

프랑스의 13개 레지옹(région) 중 프로방스알프코트다쥐르

어모으는 곳이기도 하다. 특히 툴롱에서 이탈리아 제노바까지 이어지는 해안에는 칸, 니스, 모나코, 망통 등 유명한 휴양도시가 연속되어 여유로움과 부유함이 넘치는 매력을 지닌 곳이다.

7월의 프로방스 여행 경로

프로방스의 광활한 지역은 자연의 다채로운 아름다움을 선사한다. 풍성한 숲과 넓은 농경지, 산지와 평원, 해바라기와 라벤더로 장식된 화사한 들판, 또 깊은 협곡과 청록빛을 내며 흐르는 강, 이런 풍성한 자연들과 중세의 우아함을 가진 멋진 도시들이 있다. 최고의 정성으로 지은 듯한 건축물, 로마의 흔적이 그대로 남아 있는 유적지, 삶의 애환을 잔뜩 가진 언덕 위 접근하기 어려운 마을들이 수백 년 동안 이어져 내려오고 여기에 반 고흐, 폴 세잔 같은 예술가들의 과거들이 함께 어우러져 있다. 대표적 관광지로 아를과 아비뇽, 엑상프로방스가 가장 붐비는 곳이지만 옹기종

프로방스가 들려주는 여행 이야기

기 매력 있는 한적한 시골 마을들도 많다. 다만 교통편을 고려할 수밖에 없는 여행객의 입장에서는 접근에 한계가 있어 아쉬울 뿐이다. 사람에 따라 평가가 다를 수 있겠지만 대체로 프로방스가 주는 감성으로는 분명 처음 만난 곳임에도 불구하고 여태껏 나를 품어 온 듯한 느낌으로 '향수(鄕愁)', '그리움', '따뜻함', '넉넉함' 등, 익숙한 감성으로 많이 표현된다고 할 수 있다.

제3장

리옹(Lyon)의 하루

레보 드 프로방스(Les Baux-de-Provence) 마을의 산 위에서 본 프로방스의 푸른 평원

　리옹으로 가기 위해 도착한 파리의 리옹역(Gare de Lyon)은 관광객들
로 만원이었다. 이곳에서는 프랑스 중부, 동부, 남부와 이탈리아, 스위스
방면의 국제열차를 탈 수 있으니 파리에서 가장 중요한 역이다. 연간 1억

1천만 명의 많은 승객을 운송하며 약간 지저분하면서도 놀라운 것은 특히
역사(驛舍)가 예술품처럼 아기자기하다.

　기차역은 여행의 시작과 끝이 교차하는 곳으로 기대와 아쉬움이 항상
넘쳐나는 곳이다. 여행에 목숨을 거는 사람이야 있겠냐 마는 그래도 여행
은 일상의 탈출구로서 톡톡히 자리매김하고 있다. 여행이 주는 호기심과

설렘은 설령 기대만큼 충족된 여행이 되지 못하였을지라도 기쁨의 엔도르핀을 분비시키기에는 충분한 요소들이다.

이곳에서 출발하는 고속열차(TGV)를 타면 약 2시간 후에 남부 리옹역에 도착한다. 리옹에서 리옹으로 가는 셈이다. 리옹은 남동부에 위치한 인구 50만 정도의, 우리나라로 치면 광역시에 해당하는데 주변 인구까지 합치면 220만 명이 넘는 프랑스 제2의 도시다. 사실 먼 타국에 사는 사람이 프랑스의 수도인 파리 외의 다른 도시는 알긴 어렵다. 리옹의 여행 자료를 찾다가 소설 '어린 왕자'의 작가인 생텍쥐페리(Saint-Exupéry, 1900~1944)의 출생지가 이곳 리옹임을 알게 되었는데 리옹시는 이를 기념하여 이곳 공항의 이름을 생텍쥐페리 공항으로 명명하였다고 한다. 생텍쥐페리는 작가로 잘 알려져 있지만 제2차 세계대전의 공군 조종사로서도 활약했다. 아프리카, 남대서양, 남아메리카 항공로의 개척자이기도 하며 야간 비행의 선구자 중 한 사람이기도 했다. 불행히도 세계대전에 참전하였다가 1944년 7월 31일 오전 프랑스 남부 니스와 모나코 사이를 예정된 고도보다 낮게 정찰비행을 하던 중 독일군의 공격을 받고 해안가에 추락하여 길지 않은 생을 마감하였다. 그로부터 한참 후인 1990년, 그가 조종했던 비행기 잔해가 발견되었다고 한다.

리옹시는 유럽의 여타 도시들처럼 신, 구시가지로 나누어진다. 우리는 기차역에서 조금 떨어진 신시가지에 호텔을 잡았고 일단 짐을 맡긴 후 걸어서 시내 구경에 나섰다. 신시가지는 나지막한 아파트식 건물들이 주택가를 이루고 시원스럽게 가지를 뻗은 가로수들은 동네를 푸르게 물들이

고 있었다. 대학생으로 보이는 젊은이들이 자전거로, 또 걸어서 많이 다니는 것으로 보아 근처에 대학교가 있는 것 같은 생각이 들었다. 우리네 같으면 으레 대로변은 화려한 간판의 상가들로 즐비한데 신기하게도 이 곳의 길거리에는 상점들이 많이 없으니 사람들은 필요한 물품들을 어디서 어떻게 구매하는지 알 수가 없는 노릇이다. 그 흔한 편의점 하나 없으니 우리의 편리한 소비 인프라와는 비교가 안 된다. 이렇게 밋밋한 거리를 지나면 우리 같은 여행객들이 주로 들르게 될 구시가지가 나오는데 이 곳에는 스토리가 있는 유적들이 많이 모여 있다.

리옹의 첫 명소는 구시가지 옆 푸비에르(Fourviere) 언덕 위에 자리한 노트르담 성당으로, 리옹의 랜드마크라 할 수 있다. 성당의 모습도 웅장하고 아름답지만, 이곳 언덕에서 도시 전경을 파노라마로 감상할 수 있어 반드시 들르게 되는 곳이다. 언덕 위에 가기 위해 20유로의 택시비로 우버를 이용했다. 여행 정보를 보면 지하철역과 연계된 푸니쿨라를 탈 수 있고 구시가지를 구경 삼아 언덕을 걸어서 오르면 한 30분 정도 소요될 것 같다. 중간에 지름길인 계단길이 있어서 이용할 수도 있다고 한다.

구도심에서 바라본 '푸비에르 노트르담 대성당'. 대성당 옆에는 작은 성당이 별도로 하나 더 있다. 작은 성당의 이름은 '성 토마스 성당'으로 이 성당의 높은 첨탑 위에는 밝게 빛나는 황금의 성모 마리아상이 리옹시를 품에 안고 있다.

푸비에르 언덕은 고대 유적지로, 1998년 유네스코 세계문화유산으로 지정되었다. 원래 이 언덕은 로마광장과 사원이 있던 곳으로 1168년경 언덕 위에 예배당이 세워졌고 성지가 되었다. 그리고 예배당은 성모 마리아와 중세 영국의 순교자인 성인 토마스 베켓(Thomas Becket, 1118~1170)에게 헌정되었다.

'성 토마스 성당(Chapelle saint-Tomas)'.
대성당의 오른쪽 바로 옆에 나란히 붙어 있는데 언덕에서 가장 먼저 세워진 성당이다.

1643년 리옹에 흑사병이 창궐했을 때 리옹 시민들은 언덕 위의 예배당에서 기도하기 위해 줄을 서서 올라왔다고 한다. 그 후 흑사병이 극복되자 도시 지도자들은 이곳 예배당에서 경험한 기도의 효험으로 이 언덕을

프로방스가 들려주는 여행 이야기

'기도의 언덕'으로 불렀고 그 후 순례자들에게 인기가 크게 높아졌다고 한다. 예배당 건물은 수 세기에 걸쳐 서로 다른 시기에 재건되었는데 성 토마스 성당의 첨탑 위 빛나는 황금의 성모 마리아상은 1852년에 세워졌다.

1870년 프랑스가 프로이센과의 전쟁에서 패배하고 프랑스 전역이 황폐해졌는데 다행스럽게도 리옹시는 별 피해를 입지 않았다. 도시는 성모 마리아의 특별한 축복을 인정하고 언덕 위에 황금의 성모 마리아상이 있는 종전의 예배당 바로 옆에 현재의 대성당을 짓기로 약속하였다. 1872년에 시작하여 1896년에 완공하였는데 건축가 피에르 보상(Pierre Bossan)에 의해 로마네스크 양식과 비잔틴 양식으로 건축되었다. 좌우 첨탑의 거대한 외관은 성모 마리아 신앙의 힘을 상징한다고 한다.

성당의 전면 모습

푸비에르 노트르담(Notre-Dame de Fourviere) 대성당

성당의 내부 모습

대성당 앞뜰의 교황 '요한 바오로 2세' 동상과 부속건물들.
이곳에는 성당 외에 수도원과 주교들의 관사가 모여 있다.

대성당에서 바라본 리옹시의 전경. 언덕 바로 아래쪽이 구도심이다.

　리옹은 도심으로 흐르는 두 개의 강이 만나는 풍요한 땅이다. 언덕의 앞쪽에는 지류인 손(Saone)강이, 언덕에서 먼 곳에는 본류인 론(Rhone)강이 흐른다. 론강은 알프스산맥의 론 빙하에서 발원하여 스위스 제네바의 레만 호수로 흘러 들어갔다가 남부로 내려와 프로방스의 아비뇽, 아를을 거쳐 지중해로 들어가는 프랑스의 젖줄이다. 810km의 길이로 유량이 가장 풍부하여 프랑스를 비옥한 옥토로 만드는 데 가장 일조하고 있는 강이라고 할 수 있다.

　푸비에르 언덕에서 구도심을 향해 걸어 내려가면 유네스코 세계문화유산인 로마 원형극장을 만날 수 있다. 이천 년 전 로마 군대는 갈리아 지방으로 불리었던 이곳 프랑스를 점령하여 식민지로 삼았고 수도를 리옹에 건설하였다. 그래서 리옹에는 유서 깊은 로마 건물들이 많이 생겼는데 현재 남아 있는 것 중에 대표적인 것이 로마 원형극장으로 이름은 '갈로 로

프로방스가 들려주는 여행 이야기

마노 극장(Gallo Roman Theater)'이다.

원형극장 입구와 안내판

원형극장은 현재 리옹 시민을 위한 예술공연장으로 이용되고 있었다.
중앙에는 무대로 꾸며져 있었고 오랜 세월에 빛바랜 관중석과 그 주변을
둘러싸고 있는 둔탁한 담벼락의 크고 작은 바윗돌들은 엄청난 세월의 흐
름 속에 과거와 현재를 만나게 하는 절묘한 조화를 이룬다.

극장의 담벼락은 아마도 원형인 것 같은데
이 천년 긴 세월의 비바람을 견디어 왔다는 사실이 대단하다.

프로방스가 들려주는 여행 이야기

갈로 로마노 극장의 전경(Gallo Roman Theater, 자료사진)

　리옹에는 고대 원형극장이 하나 더 있다길래 호기심에 택시를 타고 찾아갔다. 그러나 실망스럽게도 다 허물어지고 남은 흔적으로는 원형극장으로 알아보기 어려웠다. 그 인근을 지나면서 심하게 낙서가 된 탑처럼 생긴 육중한 조형물이 있길래 궁금해서 확인했더니 1903년에 세워진 '퐁텐 부르도(Fontaine Burdeau)'라는 것이었다. 퐁텐(Fontaine)은 프랑스어

로 분수(噴水)를 뜻하므로 '부르도의 분수'라고 하면 되겠다. 분수는 리옹 출신으로서 두 차례나 프랑스 하원의장으로 임명되었던 오귀스트 부르도 (Auguste Burdeau)라는 인물의 업적과 연관된 것으로 보인다. 하지만 낙서가 심하게 되어 흉물에 가까웠다.

리옹 대성당의 모습

프로방스가 들려주는 여행 이야기

언덕을 내려오는 길로 이리저리 다니다 보면 지름길도 있고 좁다란 계단 길도 있어 쉽게 구도심에 도착할 수 있는데 구도심의 대표적 건축물은 리옹 대성당이다. 리옹 대성당은 1180년 착공하여 1480년, 무려 300년 만에 완공된 로마 가톨릭 리옹 대교구의 유서 깊은 중심 성당이다. 리옹 대성당은 수석 대주교라는 뜻의 '프리미탈레(Primatiale)' 성당으로 불렸는데 그 연유는 1079년 교황이 리옹 대교구장에게 프랑스 왕국의 전체 대주교 가운데 가장 으뜸가는 수석 대주교라는 칭호를 하사했기 때문이라고 한다. 이곳의 종교적 영향력이 그만큼 크다는 것을 말해 준다.

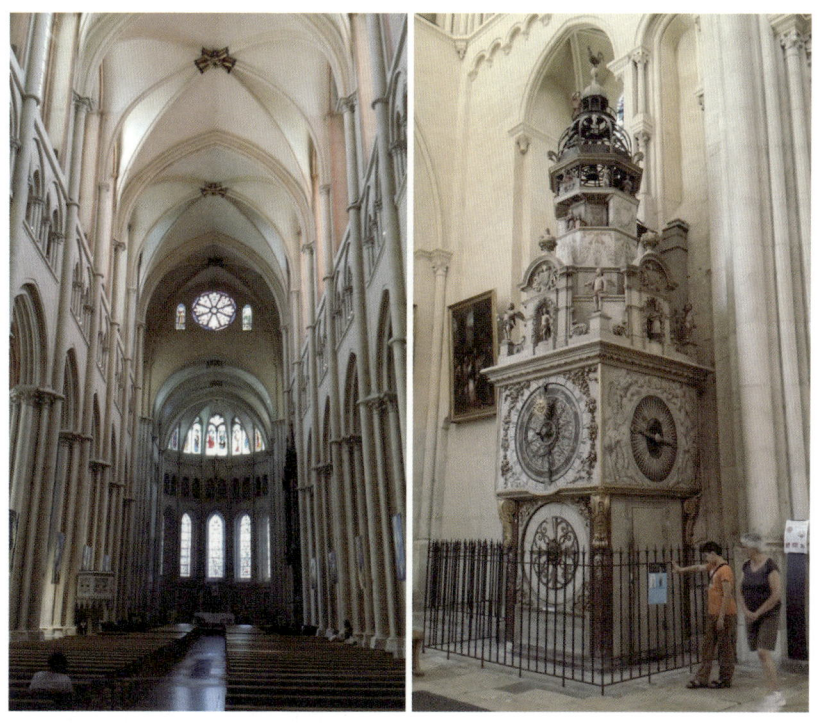

리옹 대성당의 내부 모습. 화려하고 정교한 조각이 눈길을 끈다.

리옹의 구도심 전경

여행객으로 북적이는
구도심의 좁은 골목길

구도심은 유럽의 타 도시와 비슷한 형태와 분위기를 가졌다. 좁은 골목길 사이로 깔끔한 카페가 차려지고 따사로운 햇살 아래서 남녀들이 어울려 커피나 맥주를 마시면서 시간을 즐기고 생활을 논하는 모습들은 인간이 여유와 쉼이 필요한 존재임을 말해 준다.

우리는 점심을 피자로 해결했다. 바로 구워낸 따끈한 이탈리아 피자였다. 유럽 여행을 다니면서 피자에 실망한 것은 너무 짜고, 맛이 없는 것은 고사하고, 직화로 굽다 보니 대부분 검게 타 있었기 때문이다. 이때 식탁에 올려진 피자 역시 밑바닥은 숯덩이 같았는데, 가게 주인은 이런 피자에 아랑곳도 하지 않았다. 저녁은 한국 식당을 찾을 수 없어서 초밥으로 해결했다. 역시 만만치 않은 가격으로 여행객의 주머니를 털어 간다. 잘 먹고, 잘 자고, 잘 다니기 위해서는 돈의 위력을 늘 실감하면서 그래도 낯선 도시 리옹에서의 신나는 하루를 마감했다.

낯선 곳에서 밤을 맞으면 늘 자신을 되돌아보게 된다. 낯선 이국의 모습과 일상을 보고 느끼는 것만으로도 가치는 충분히 있지만, 그보다 더 "중요한 것은 보이지 않는 곳에 있다"라는 '어린 왕자'의 말이 생각난다.

"가장 중요한 것은 마음으로 보아야 한다. 사막이 아름다운 것은 어딘가에 오아시스가 있기 때문이다. 세상에서 가장 어려운 일은 사람이 사람의 마음을 얻는 일이다."

리옹의 생텍쥐페리의 말을 떠올리면서 이제 교황의 서글픈 역사가 서려 있는 도시 아비뇽으로 떠난다.

프로방스가 들려주는 여행 이야기

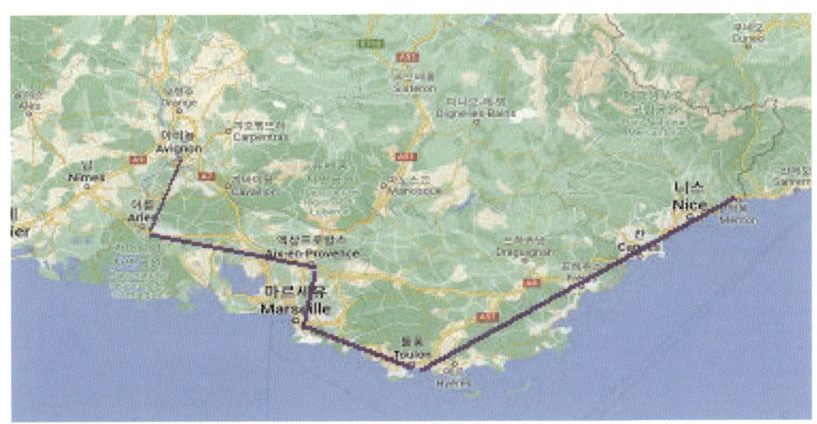

이번 여행의 경로. 리옹에서 아비뇽을 거쳐 니스와 모나코까지다.

제4장

교황의 도시 아비뇽(Avignon)

오가는 여행객들로 혼잡한 리옹역을 떠나 기차를 달려 도착한 아비뇽 중앙역, 이곳은 파리에서 약 580km 떨어진 인구 십만 명 정도의 중소도시 이면서 프로방스의 유서 깊은 도시다. 이곳에서 프로방스 지역과 프랑스 남부 여행이 시작된다고 할 수 있다.

공사가 한창 중인 아비뇽 중앙역 광장과

프로방스가 들려주는 여행 이야기

아비뇽은 기차 교통의 요충지인데도 생각보다 한적했다. 중앙역 외에 TGV 역이 별도로 있어 여행객들이 분산되는 것 같다. 우리가 이 도시에 대해 알고 있는 여행 정보는 청소년 시절 세계사 시간에 배운 아비뇽 유수(幽囚)와 교황청 정도뿐, 중앙역을 나와 호텔로 가면서 본 도시의 첫 장면이 압권이었다. 웅장한 성벽으로 이어진 거리는 마치 중세의 공간으로 들어온 느낌이었다.

현대식 디자인의 아비뇽 떼제베(TGV)역

중앙역 앞 대로변의 모습. 아비뇽은 중세의 흔적을 고스란히 간직하고 있어
도시 전체가 유네스코 세계문화유산이다.

높고 육중한 성벽의 두께만큼이나 도시의 첫 분위기도 무겁게 느껴졌

다. 도시의 중심 대로에 자리 잡은 호텔에 짐을 풀고 저녁도 해결할 겸 거리를 가벼운 마음으로 산책하였다. 거주민인지 여행객인지 구별은 되지 않았지만 다들 밝은 분위기로 저녁을 맞이하고 끝나 가는 하루의 행복감에 젖어 들고 있음을 느낄 수 있었다. 오래된 도시답게 골목은 좁았고 좁은 골목을 서로 마주하며 줄지어 길게 뻗어 있는 집들은 현대와는 어울리지 않는 답답함을 느끼게 하지만 낡고 때 묻은 벽면에서는 소리 없이 피어오르는 일종의 낭만 같은 감정들도 느껴졌다. 유럽을 여행하면서 느끼는 것은 이곳 사람들이 수백 년, 긴 세월 동안 줄기차게 계승해 온 문화유산에 대한 자부심이 대단하다는 것이다. 유산이라는 짐을 안고 살아가야 하는 불편함을 감수하면서도 이를 고수해 온 사람들의 역사의식은 위대할 수밖에 없다. 이와는 대조적으로 무엇이든지 쉬 헐어 버리고 새로운 것을 좋아하는 우리에게는 그 가치가 얼마나 소중한 것인지를 조용히 알려 주는 것 같다. 그리고 이 모든 것이 지켜야 할 내 삶의 터전이라는 자부

프로방스가 들려주는 여행 이야기

심도 말없이 드러내고 있다는 생각이 들었다. 집을 한 채 지어도 벽면을 장식하는 조각과 조형물들을 통해 그들의 건축과 주거에 관한 문화적 소양이 얼마나 높으며, 또 그것을 중요하게 여기는지 알 수 있다. 마침내 이러한 건축의 자세가 건물의 아름다움과 고급스러움으로 완성된다.

아비뇽의 첫 밤, 호텔 다니엘리(Danieli)의 전면 모습.
세월의 흔적이 남은 벽면들이 오래된 이곳 도시의 역사를 말해 주는 것 같다.

아비뇽 중앙대로 상가들의 모습

프로방스가 들려주는 여행 이야기

유럽 도시 문화의 전형, 골목길 야외 카페

구도시의 오래된 골목길.
집의 형태는 각색이지만 어울림이 좋다.

    길에 세워진 유명인들의 조각상들을 보면서 우리와는 조금 다른 정서가 느껴졌다. 우리의 정서로는 설령 존경받는 인물이라고 해도 사람들이 많이 왕래하는 길에 개인의 조각상을 세우기가 쉽지 않은데 이곳은 아주 자연스러워 보일 뿐 아니라 주위의 미관과도 잘 어울린다. 한 인간의 삶과 지역 봉사에 대한 존경이 잘 묻어난다.

프레드릭 미스트랄(Frederic Mistral, 1830 ~1914), 아비뇽 출신의 시인, 작가, 언어학자 로 프로방스 문화 발전에 기여하였다. 1904 년 노벨문학상을 수상했는데 상금을 이 지 역의 문화 발전을 위해 모두 사용할 만큼 프로방스를 사랑하는 존경받는 인물이라 고 한다.

마리 파마르(Marie Pamard, 1802~1872), 아 비뇽 출신의 의사이자 정치인으로 역시 도 시 발전에 이바지한 인물이다.

　저녁이 되면서 노천카페에 하나, 둘 불이 밝혀지고 휴식과 낭만을 즐기 기 위한 사람들도 하나, 둘 모여든다. 배고픔을 채우고 차 한잔, 술 한잔을 사이에 두고 남녀노소가 어울려 웃음꽃을 피우면 한여름 밤의 사랑스러 운 이야기들이 꿈처럼 시작된다.

프로방스가 들려주는 여행 이야기

　저녁으로 햄버거를 먹고 밤거리의 풍경을 바라보노라면 여행객으로서, 나그네로서 느끼는 이들의 삶에 대한 궁금증과 호기심들이 고개를 든다. 이곳의 고즈넉한 여유가 밤낮없이 바쁘고 복잡한 우리네의 생활 모습들과 잘 대비되어 나 스스로가 왠지 이쪽도, 저쪽도 아닌 경계인으로서의 고독감 같은 감정을 들게 한다. 밤 9시가 지났음에도 주위는 여전히 불을 밝히고 이들의 오늘 파티는 언제 끝이 날는지 모른 채 우리는 호텔로 돌아와야 했다.

아비뇽의 다음 날은 가는 빗소리를 들으며 시작했다. 프로방스의 뜨거운 태양이 일 년 내내 비를 거의 뿌리지 않는다고 들었는데 좋은 징조인지 새벽부터 가는 빗줄기 소리가 담벼락을 타고 흘러내리고 있었다. 여행 중에 비가 온다는 것은 불편한 것이지만 내 힘으로 할 수 없는 것들은 담담하게 받아들이지 않으면 안 된다. 아침을 해결하고 우산을 쓰고 아비뇽의 랜드마크인 교황청으로 향했다. 크지 않은 도시라 중심 대로를 조금 걸어가면 만날 수 있는 이곳은 먼저 그 규모에 압도당하지 않을 수 없었다. 마치 거대한 산이 딱 버티고 있는 것 같다.

아비뇽 교황청(Palais des Papes d'Avignon, 자료사진)

프로방스가 들려주는 여행 이야기

교황청 전경, 일부는 공사 중이었다.

12세기에 세워진 로마네스크 양식의 아비뇽 대성당.
꼭대기 위에는 4.5톤 무게의 황금빛 성모상이 언제나 빛을 내고 있다.

프로방스가 들려주는 여행 이야기

유네스코 세계문화유산으로 지정된 아비뇽 교황청은 '세상에서 가장 큰 고딕 양식의 궁전'이다. 총면적 15,000㎡에 이르는 웅장하고 육중한 석조 건물로 성벽의 높이가 50m, 두께는 4m에 이른다. 뾰족한 탑과 망루가 세워진 성채는 그야말로 아비뇽의 '팔레 데 파프(Palais des Popes)', 즉 '교황의 궁전'인 것이다. 1309년부터 1377년까지 67년간 7명의 교황이 아비뇽에 거주했지만, 현재의 교황청은 유수 시절 네 번째 교황인 클레멘트 6세(재위 1342~1352)가 1348년 시칠리아 여왕으로부터 이곳을 사들여 교황청을 건축했다. 교황청 안에는 대연회실을 비롯해 기도실, 예배실, 회랑, 회의실, 주방 등 20여 개가 넘는 방이 있는데 아쉬운 것은 내부의 화려한 장식과 가구는 현재 거의 사라지고 없다. 이유는 건물이 여러 용도로 사용되어 왔는데 1789년 프랑스 혁명 이후에는 병영으로, 19세기에는 감옥으로도 사용됐다고 한다. 그래서 미켈란젤로, 라파엘로 등 르네상스 시대 거장들의 미술품으로 화려하기 그지없는 로마 바티칸의 교황청에 비해 아비뇽 교황청 내부에는 남아 있는 것들이 거의 없고 육중하고 거대한 돌로 만든 성채만이 자리를 지키고 있다.

중세의 건축물답게 내뿜는 분위기는 확연히 다르다. 벽면은 거칠게 보였고 중간중간 세월에 검게 그을린 흔적들은 그렇지 않아도 둔탁해 보이는 벽체들을 더욱 무겁고 고풍스럽게 만들었다. 이 정도 규모의 건물 크기로 볼진대 늘 아름답고 깨끗이 관리하기란 불가능할 것 같다. 흘러온 시간 그대로 세월에 흘려보낼 수밖에 없을 것이다. 비는 그쳤고 관광객이 많지 않아 넓은 광장은 고요하고 한적한 분위기가 감돌았다.

프로방스가 들려주는 여행 이야기

　티켓을 사고 내부로 입장을 하면 긴 역사로 거칠어진 벽면에서 뿜어져 나오는 중세인들의 체취가 그대로 느껴진다. 시원하게 높은 천장을 가진 홀과 낮고 좁은 통로의 답답함이 서로 교차하면서 약 800여 년 전 교황청을 만드느라 동원되어 오랜 세월 고생했을 노동자들의 하루하루가 상상되기도 했다. 유리가 없었기에 벽면에 창문을 내지 못했을 것이고 그렇다 보니 어둡기만 한 실내 작업을 위해 등불을 지피고 그림을 그리고 조각을 하면서 땀 흘려야 했던 그 시대 작업자들의 얼굴 모습은 과연 어떻게 생겼을까 하는 의문이 밀려오기도 했다. 오늘의 편리한 우리의 생활과 그들의 생활이 어찌 비교되지 않으랴.

가장 화려한 공간으로 불리는 교황 클레멘트 6세의 서재,
'사슴의 방(Chambre de Cef)', 1343년 그려진 프레스코화가 남아 있다.

프로방스가 들려주는 여행 이야기

프로방스가 들려주는 여행 이야기

지금부터 약 700년 전인 1309년, 중세 유럽을 종교적 권력으로 지배했던 로마의 바티칸 교황청이 프랑스의 남부 아비뇽으로 이전을 했다. 시대적 상황으로 살펴볼 때 이 시기는 로마 교황의 위세가 약화되고 차츰 개별 국가의 왕권이 강해지는 시기였다. 막강했던 교황의 권력을 약화시킨 계기는 십자군 전쟁의 실패였다. 교황이 주도했던 십자군 전쟁으로 유럽은 크게 어수선해졌고 이제 그 어느 나라도 교황의 명령에 쉽게 따르지 않게 된 것이다. 프랑스 왕도 마찬가지였다. 당시 프랑스의 왕은 카페왕조 11대 왕인 필리프 4세(Philippe Ⅳ, 1268~1314)였다.

이즈음 중세 사회에서 상상치도 못할 일이 일어나고 말았다. 당시 로마 교황이었던 보니파키우스 8세가 이탈리아 중부 아나니(Anagni)에서 휴양 중일 때 평소 교황의 반대 세력이던 콜론나 가문이 프랑스 황제 필립 4세의 세력과 합세하여 교황을 습격하는 사건이 발생하였다. 갑자기 습격을 당한 교황은 뺨을 맞고 폭행을 당하는 등 심한 모욕을 당한 것으로 알려졌다. 콜론나 가문은 로마의 유수 가문으로 많은 교황을 배출하였는데 그 당시 교황인 보니파키우스 8세와 심각한 갈등을 겪고 있던 차에 반기로 테러 사건을 일으킨 것이다. 이 사건은 곧 수습되었지만, 사건의 충격으로 연로했던 보니파키우스 8세는 얼마 후에 사망하고 말았다. 교황이 습격과 모욕을 당한다는 것은 종교가 최고의 정점으로 하나로 묶여 있던 유럽 사회에서 좋은 의미든 나쁜 의미든 중세의 종말, 교황권의 종말을 고하는 첫 신호탄과 같은 초유의 사건이었다. 이 사건 이후 교황에게 힘으로 맞섰던 프랑스 왕에게 감히 대립할 용기를 낼 교황은 오랫동안 없었다.

프랑스의 필리프 4세는 이 여세를 몰아 보니파키우스 8세의 뒤를 이은 베네딕투스 11세를 압박했고 그도 얼마 되지 않아 사망하자 이번에는 아예 자기 마음에 드는 사람을 1305년 교황의 자리에 앉히고 말았다. 그가 바로 클레멘스 5세 교황(Clemens V, 1264~1314, 교황 재위 1305~1314)이다. 그의 본명은 '베르트랑'으로 프랑스 가스코뉴 출신이며 보르도 대주교와 교황청의 추기경이었다. 그리고 그는 교황 클레멘스 5세라는 이름으로 필리프 4세가 지켜보는 가운데 로마가 아닌 리옹에서 교황에 즉위하였다. 그리고 1309년 그의 강요에 의해 이탈리아 로마에 있는 교황청을 아비뇽으로 옮겼다. 그뿐만 아니라 왕의 강요에 의해 왕에 대한 교황의 모든 조처와 칙령을 철회하였고 많은 프랑스 출신의 성직자를 임명하는 등 프랑스 왕의 영향력에서 벗어나지 못하여 결국 교황권의 세계적 위상은 그의 치세에 크게 후퇴할 수밖에 없었다.

우리는 이 역사적 사건을 아비뇽 유수(Avignonese Captivity)라고 부른다. '유수(幽囚)'란 말뜻은 '잡아 가둔다'라는 의미로 교황이 사실상 아비뇽에 유폐되었음을 뜻하는 것이다. 그 기간은 1309년에서 교황 그레고리우스 11세에 의해 로마로 되돌아간 1377년까지 7대의 교황에 걸쳐 약 70년간이다. 중세의 이같이 유명한 역사적 사건의 무대가 된 이곳에 그 당시 지어진 견고한 고딕 석조 건물인 아비뇽 교황청(Palais des Papes d'Avignon)을 지금 마주하고 있는 것이다.

역사적으로 유수 시대는 중세 교황권의 몰락기로 보고 있다. 유수가 끝난 바로 다음 해, 1378년 로마에서 우르바노 6세가 교황으로 선출되자 교황청의 프랑스 출신 계파(派)는 이에 불만을 품고 대립하는 교황 클레멘스 7세를 별도의 교황으로 내세워 두 명의 교황이 존재하는 초유의 사태를 또 맞이하게 된다. 그리고 클레멘스 7세를 옹호하는 세력은 무력으로 우르바노 6세를 축출하려 했으나 실패하고 만다. 그러자 어쩔 수 없이 아비뇽에 교황청을 다시 열었는데 이를 가리켜 로마와 아비뇽 두 곳에 교황이 공존하는 소위 '서방교회 대분열 사건(1378~1417)'으로 일컫는다. 이는 결국 종교도 인간의 정치적 야욕과 투쟁에서 결코 자유로울 수 없는 영역임을 알려 주는 것이라 볼 수 있다.

교황청 내부의 공연장인 쿠르 도뇌르(Cour d'Honeur, 명예의 뜰)의 야외무대,
현재 세계적으로 유명한 아비뇽 페스티벌(Avignon Festival)의
연극 공연장으로 활용되고 있다.

아비뇽 페스티벌은 매년 7월 아비뇽에서 열리는 종합예술축제로 1947년부터 시작되었다고 하니 역사가 매우 깊다. 인구 10만 명도 안 되는 이 작은 도시가 해마다 여름이면 세계 각국에서 몰려든 수십만 명의 인파로

북적이는 예술 축제의 도시로 변하는데 처음에는 수준 높은 연극 작품을 지역 주민들에게 선보이자는 정책의 일환으로 시작되었다. 그리고 지금은 춤, 뮤지컬, 현대 음악, 시, 미술, 영화, 비디오아트 등을 아우르는 종합 예술축제가 되었고 세계적으로 알려졌다. 페스티벌은 시 전역에서 열리지만 주 무대는 교황청의 안뜰인 쿠르 도뇌르이고 역사적인 의미를 간직한 무대에서는 주최 측의 엄격한 선별을 통해 선택된 작품만이 공연된다고 한다.

프로방스가 들려주는 여행 이야기

교황청 옆에는 론(Rhone)강이 흐르는데 그 위를 가로지르는 유명한 다리가 생 베네제(Saint Benezet) 다리다. 이 다리는 12세기 양치기 소년이었던 베네제가 신의 계시를 받고 하나하나 돌을 쌓아 만들기 시작했다는 전설을 갖고 있다.

생 베네제(Saint Benezet) 다리 위에서 바라본 교황청 전경

베네제는 론강을 가로지르는 다리를 만들어야 한다는 강렬한 영감을 받고 계획을 실행하려 하지만 아비뇽 사람들은 비웃고 손가락질만 할 뿐이었다. 그런데 어느 날 베네제가 천사의 도움으로 서른 명의 어른 힘으로도 들 수 없는 거대한 바위를 들어서 옮기는 놀라운 기적을 행하게 되었다. 이 소문은 빠르게 퍼져 나가 사람들은 다리 놓기에 같이 참여하게 되었다. 1177년에 시작된 대공사는 1185년에 마침내 완성되었다. 베네제는 이후 로마 교황청으로부터 성인품을 받아 생(Saint) 베네제라 불리게

생 베네제 다리 전체 모습(자료사진)

되었다. 다리는 원래 22개의 아치로 이뤄진 길이 920m의 다리로 당시 유럽에서 가장 긴 다리였다고 한다. 그런데 1226년 루이 8세가 아비뇽에 쳐들어온 전투에서 다리의 4분의 3이 파괴됐다. 이후 로마식 교각으로 재건했으나 17세기 초에 잦은 강의 범람과 홍수로 또다시 붕괴했다. 그 후 복구되지 못하고 현재는 4개의 아치만 남아 있다.

다리 중간에는 가톨릭 성인의 이름을 딴 생 니콜라스 예배당과 생 베네제 예배당이 1, 2층으로 있다. 이곳은 강과 어부의 수호자인 성 니콜라스를 위한 예배당이자 천사의 계시를 받은 생 베네제의 무덤이 있던 곳이다. 생 베네제 다리가 끊긴 지점에서 마주 보이는 건너편 섬은 론강이 만들어 낸 바스텔라스 섬으로 이곳은 아비뇽 시민들이 피크닉을 즐기는 장소이기도 하다.

프로방스가 들려주는 여행 이야기

다리 중간에 있는 성 니콜라스, 성 베네제 예배당

교황청 옆을 흐르는 론강, 수질은 좋지 못하였다.

세월 따라 같이 늙어 온 성벽들. 보기는 흉하지만 오래되고 낡은
이 성벽들을 수리한다는 것은 보통 큰 공사가 아닐 것이다.

프로방스가 들려주는 여행 이야기

아비뇽 구시가의 중심은 '오를로쥬 광장(Place de l'horloge)',
일명 '시계탑 광장'인데 바로 옆에 있는 아비뇽의 오페라 극장. 인구 10만의
중소도시에 오페라 극장이 있다는 것은 그만큼의 관객이 존재하기 때문일 것이다.
프랑스 도시의 사람이 모이는 광장에는 거의 예외 없이 회전목마가 있다.

아비뇽 구시가지와 론강, 도시를 둘러싸고 있는 평원(자료사진)

프로방스가 들려주는 여행 이야기

가톨릭 성당에서 와인은 성례식과 각종 종교 행사에 사용되는 필수품이다. 그리고 성직자들도 술을 금하지 않았기에 와인의 지속적인 공급원이 필요했다. 아비뇽에 교황청이 들어서면서 로마 바티칸에서 와인을 공수하기는 어려워졌고 그래서 교황청 가까운 지역에 새로운 포도밭을 조성할 필요성이 생겼다. 그래서 아비뇽에서 론강을 건너 북쪽 12km 정도 떨어진 언덕 위의 마을에서 새 교황이 마실 전용 포도를 생산하게 되었는데 이 마을이 '샤토 네프 뒤 파프'다. 프랑스 와인에는 지명의 이름을 딴 와인이 특히 많은데 '샤토 네프 뒤 파프' 역시 그중 하나다. 와인에는 일반적으로 교황의 이름이 연관되어 있다.

'샤토 네프 뒤 파프(Chateau Neuf du Pape)' 마을 전경(자료사진). 이름의 뜻은 '교황(Pape)의 새로운(Neuf) 성(Chateau)'이라는 뜻이다. 이 마을은 아비뇽 교황청에 와인을 공급하는 포도의 주생산지였다.

초대 아비뇽 교황 클레멘스 5세 시절에 그가 마신 와인의 이름은 '교황 클레망의 샤토'란 이름, 즉 '샤토 파프 클레망'으로 이름이 바뀌었다. 이 와인은 아비뇽 북쪽에서 생산되는 소박한 시골 와인에 불과했는데 교황의 관심과 열정으로 점차 품질이 향상됐다. 그리고 두 번째 아비뇽 교황인 요한 22세는 아예 '샤토 뇌프 뒤 파프' 마을에 여름 별장인 성(Chateau, 샤토)을 건축하고 포도밭 개간에 힘썼다. 여기서 유래된 와인이 바로 '샤토 네프 뒤 파프'와인이다. 교황의 여름 별장인 '새로운 성'에서 만들어진 교황의 와인인 것이다.

론강에서 360도의 평야가 보이는 전망이 탁월한 그림 같은 포도밭

프로방스가 들려주는 여행 이야기

교황의 여름 별장으로 사용되던 '샤토 네프 뒤 파프' 마을의 성채.
이 성은 제2차 세계대전 중에 독일군의 점령군 사령부로 쓰다가 떠나면서 폭파했고
지금은 벽체 일부만 남고 텅 빈 폐허로 변했다.

17세기에 그림으로 남겨진 '샤토 네프 뒤 파프' 마을 모습. 파괴되기 전 성채의 온전한 모습이 그림으로나마 남아 있다. 이때만 하더라도 웅장한 성채가 교황의 와인이라는 자부심을 느끼게 한다.

포도주를 생산하는 지역 농가 와이너리의 연회장 모습(자료사진)

교황의 여름 별장인 이 성에는 원래 4개의 탑과 연회장, 화려한 장식의 방이 여럿 있는 큰 성이었다고 한다. 교황이 여행할 때는 백여 명 이상의 수행원들과 함께했기 때문에 넓은 공간이 필요했을 것으로 추측된다. 현재도 '샤토 네프 뒤 파프' 지역의 최고급 와인은 전통 있는 가문이 세대를 거쳐 생산하고 있다고 한다.

비가 그친 후 언제 그랬느냐는 듯이 다시 봄비는 대로변 레스토랑에서 점심을 해결하고 차를 렌트하기 위해 아비뇽 TGV 역으로 갔다. 이곳의 넓은 주차장에는 렌터카 회사가 여럿 모여 있는데 Herts에서는 BMW 차량을 5일에 150만 원, AVIS에서는 르노 차량을 98만 원 달라고 한다. 굳이 비싼 차량을 탈 필요가 있겠냐 싶어 AVIS에서 준비해 간 국제면허증으로 차를 빌리고 잘 알아듣지는 못하지만 대충 주의사항과 설명을 들은 후 다음 여행지인 아를(Arles)로 출발했다. 내비게이션은 작동 초기 메뉴는 한

글로 나오는데 막상 운전 중에는 한글 서비스가 전혀 되지 않았고 영어로 대충 보면서 운행했다. 프랑스의 교통 법규가 우리나라와는 조금 다른 면이 있고 처음이라 약간 긴장될 수밖에 없었는데 특히 고속도로, 시내 주차 등은 더욱 조심스러울 수밖에 없었다. 차를 렌트할 수밖에 없는 이유도 프로방스의 넓은 지역을 여행 캐리어를 끌면서 대중교통을 이용하는 것은 힘들고 어려울 것 같아서다. 렌트가 좋긴 하지만 당연히 운전의 부담도 같이 질 수밖에 없다. 아비뇽에서 아를까지는 30분. 한적한 프로방스 시골 마을의 이색적인 정취를 느끼면서 따라오는 낭만 같은 여유, 행복감과 함께 긴장감도 가지고 간다.

프로방스가 들려주는 여행 이야기

제5장

고흐(Gogh)가 사랑했던 도시 아를(Arles)

　아비뇽에서 아를로 향하는 도로변에는 버즘나무로 불리는 큰 잎의 플라타너스 가로수가 울창했다. 중간중간 한적한 분위기의 작은 시골 마을의 모습은 집의 모양새만 빼면 우리와 별로 다르게 보이지 않았다. 의, 식, 주를 해결하며 살아가야 하는 인간의 속성상 동, 서양을 막론하고 모여 사는 모습은 비슷한 것 같다. 마을 주민들의 살아가는 이야기를 직접 들을 수 없음이 아쉬울 뿐이다. 오늘처럼 차로 시골길을 달리며 풍광을 즐긴다는 것은 호사스러운 것이다. 더욱이 프로방스에서 말이다. 프로방스의 아비뇽, 아를, 엑상프로방스 세 도시가 만들어 내는 삼각형, 즉 '프로방스 트라이앵글'을 여행할 기회를 얻기란 그리 쉽지 않을 것이다. 나는 이 코스를 프로방스 여행의 제1코스로 부르고 싶다. 물론 더 좋은 코스를 많이 발굴해 낼 수도 있겠지만 시간, 교통, 경비 등 이런저런 요소들을 고려하여 볼 때 가장 간단하면서도 실속 있는 기본 코스로서 최선의 선택이 아닐까 하는 생각이다.

　아를은 아비뇽에서 서남쪽으로 30km, 엑상프로방스는 아를에서 남동쪽으로 약 60km인데 차를 달리면서 도로 주변의 넓은 평원 위에 점점이 내려앉은 예쁘고 작은 마을들을 둘러보는 여행의 순 매력에 젖어 보는 것도 기분 좋은 경험일 것이다.

프로방스 여행의 트라이앵글,
고흐의 그림 '해바라기'를 연상시키는 해바라기 들판, 렌트한 르노 차량

아를(Arles)은 인구 약 5만 명의 소도시이다. 지금은 그렇지만 번성했던 고대 로마 시대에서 4세기 때까지는 인구가 10만 명에 달할 때도 있었다고 한다. 8세기 때는 이슬람의 지배를 잠깐 받기도 했으나 그 후 독립 왕국인 아를 왕국의 수도가 되었다. 현재 도시에 존재하는 로마 및 로마네스크 건축물들의 가치로 도시 전체가 1981년 유네스코 세계문화유산으로 등재되었다.

프로방스가 들려주는 여행 이야기

아를 도심에 우뚝 서서 위용을 뽐내는 로마 원형경기장(자료사진)과
많은 이야기를 품고 시내를 흐르는 론강

    아비뇽에서 흘러온 론강이 시가지를 지나고 있고 오래되고 나지막한
건축들이 밀집된 고풍스러운 아를의 모습은 단번에 아비뇽을 능가하는
역사적 향기를 풍긴다. 그리고 이러한 막강한 전통 도시의 위력에 더하여
여행객의 마음을 더욱 사로잡는 것은 바로 불운의 천재 화가로 불리는 빈
센트 반 고흐(Vincent van Gogh, 1853~1890) 때문이다. 그가 35세 때인
1888년 2월부터 1889년 5월까지, 약 1년 3개월 동안 파리를 떠나 이곳 아
를에 머물면서 그의 그림 세계를 발전시켜 나갔으며 무려 300여 점의 작
품을 완성한 곳으로 더 유명해졌다.

    아를의 숙박지로 도심에 위치한 호텔을 예약했는데 막상 와서 보니 도
시의 화려한 이미지는 없고 오래된 옛 건물들이 긴 골목길을 이루는 어느
중간에서 붉은색 간판을 단 옛 건물이 우리를 맞이했다. 관광지인데도 마

프로방스가 들려주는 여행 이야기

을은 인기척도 없이 고즈넉했고 주위의 온통 낡은 건물들은 오히려 사람 사는 냄새와 정겨움을 느끼게 했다. 호텔 1층의 창은 외부 침입을 막기 위해 설치한 듯 오래되어 빛을 잃은 두꺼운 창살이 빼곡했고, 2층 창은 회색칠을 한 나무로 만든 여닫이창으로 닫으면 동굴처럼 방안이 온통 어두워질 것으로 보였다. 우리가 묵을 방은 3층인데 유리창이 있어 밖으로 건너편 집의 지붕이 훤히 내다보였다. 호텔 프런트에는 노년의 부부가 투숙객

을 맞이했는데 인상과 풍채를 보니 마치 말로만 들었던 유럽의 귀족처럼 우아하고 근엄해 보이는 사람들이었다. 아마 호텔의 주인인 모양이다. 낡아 보였던 호텔의 내부는 3층까지 오르는 계단이 원형에 가까운 디자인으로 고급스러웠고 객실로 이어지는 복도가 아기자기하게 잘 꾸며진 것을 볼 때 이 건물이 과거 부자의 저택이었는데 호텔로 개조된 것임이 분명해 보였다. 사람마다 느끼는 차이는 있겠지만 나에게는 조용한 집처럼 편안하게 보였다.

프로방스가 들려주는 여행 이야기

호텔을 나와서 아를의 랜드마크인 원형경기장으로 가는 길은 아기자기한 골목길의 연속이었다.

아를의 도시여행은 골목길 여행이라 부르면 될 것 같다.

프로방스가 들려주는 여행 이야기

아를의 원형경기장은 가장 유명한 명소인데도 주변은 관리가 잘 안되어 무질서하고 정돈되지 못한 어수선한 분위기였다. 경기장의 둥근 벽면을 이루는 굵은 돌들은 세월의 비바람에 낡고 퇴색된 느낌이 완연했다. 그 당시의 기술로 이렇게 크고 정교한 건축물을 만들 수 있다는 것도 놀랍고 무려 이천 년 동안 손때 묻은 자국들을 지금 마주하고 있다는 것도 신기하기만 하다.

중간중간 파손된 부분은 교체되고 수리되었다.

프로방스가 들려주는 여행 이야기

아를 원형경기장(Arles Amphitheatre)의 건축 역사는 이천 년 전인 B.C 1세기, 당시 유럽을 지배하고 있었던 로마 시대로 거슬러 올라간다. 그 당시 로마의 황제는 초대 황제인 아우구스투스(Augustus, B.C.63~A.D.14, 본명 옥타비아누스, Octavianus)이다. 그는 로마 공화정 말기의 정치가이자 장군, 집정관으로 역사의 분수령인 카이사르(Gaius Julius Caesar, 영어명 줄리어스 시저)의 양자와 후계자이다. 카이사르가 B.C 44년 암살당하자 19살의 나이에 경쟁자인 안토니우스(Antonius)를 누르고 초대 황제에 올랐다. 그는 막강한 권력으로 로마제국과 주변의 식민지를 지배하며 이후 5대 황제 때까지 약 200년 동안 로마는 힘을 바탕으로 한 평화의 시기를 누리는데 이를 '팍스 로마나(Pax Romana)', 즉 '로마의 평화'라고 부른다. 이 시기는 외부 이민족의 침입도 없었으며 국내도 안정되어 교통, 물자의 교류도 활발하였다. 그리고 정치적 필요에 따라 지배하는 식민지 도시들의 발전을 꾀하였는데 대표적인 사업으로 로마식 거대 건축물을 건립하고 산업을 일으키고 문화를 발전시키는 등의 통치 사업을 진행하였다. 그중 대표적인 것이 원형경기장(Amphitheatre)과 극장을 만들어 대중의 관심을 일으키는 것인데 이런 의도로 아를과 인근 도시인 님(Nimes)에도 원형경기장이 건설되어 식민지 대중들에게 볼거리를 제공하였다. 로마는 식민지 전 지역에 이런 거대한 원형경기장을 무려 75개 정도나 건설했다고 한다. 그리고 극장은 대부분의 도시마다 건설하였다. 이곳에서 대중들은 특별한 종류의 오락, 즉 검투사의 경기와 동물과 동물, 혹은 동물과 사람과 싸움을 즐겼는데 지금의 정서로는 야만적이고 잔인하게 보이지만 그 당시에는 즐거움을 누리는 열광의 장소가 된 것으로 보인다. 결국, 권력자들에게 원형경기장은 대중에게 볼거리를 제공하여 자신들의 정치적 입지를 굳히고 정치적 화합을 도모하는 수단과 방편이었던 것이다.

원형경기장 바로 옆에 있는 원형극장, 과거의 흔적이 간직된 터 위에
현대식 공연 무대가 설치되어 있다. 이곳은 관광지답지 않게 거리가 한산하였는데
마치 긴 세월에 모두 쓸려 가버려 텅 빈 느낌이었다.

프로방스가 들려주는 여행 이야기

특별히 5만 명 이상을 수용할 수 있는 가장 거대한 원형경기장이 로마에 4층으로 지어진 '콜로세움(Colosseum)'이다. 이는 '거대하다'라는 뜻의 이탈리아어 콜로살레(Colossale)와 어원이 같아 그 자체가 '거대한 건축물'이란 뜻으로 쓰이고 있다. 아마도 이런 기능을 가진 원형경기장이 20세기에 들어서면서 커다란 지붕을 씌운 첨단 올림픽 경기장 형태로 발전되었고 국가와 각종 단체의 행사에 다양하게 활용되는 시초가 된 것이다.

아를의 경기장은 아우구스투스 황제 시절에 지어졌으니 역사가 무려 이천 년이다. 길이 136m, 폭 104m 크기로 약 25,000명의 관람객을 수용할 수 있다고 한다. 안내 자료에는 9유로(EUR)의 입장료가 있는데 우리가 갔을 때는 그냥 개방되어 있었다. 경기장 바닥에 모래(아레나, arena)가 깔려 있었고 여기서 현재는 투우 경기가 열린다고 한다. 아쉬운 것은 로마의 식민 지배가 끝난 6세기 말 경기장 안에 사람들이 들어와서 거주 장소로 사용되는 바람에 많은 훼손이 있었는데 그 상태로 천년의 긴 세월이 지난 후 19세기에 들어와서야 건물의 중요성을 알고 비로소 국가사업의 유적지로 지정되면서 내부의 집을 철거하고 현재의 모습으로 복원되었다고 한다. 그리고 지금은 남프랑스의 유명한 지역 축제인 투우 경기가 열리는 곳으로 부활절인 4월, 축제 시즌인 7월, 그리고 9월에 많은 사람들이 찾는 명소가 되었다. 이곳 투우 경기의 특징은 스페인 투우처럼 투우사가 소를 죽이는 경기가 아니라 여러 명의 투우사가 성난 소를 피해 다니며 소의 뿔에 묶인 리본을 많이 떼어내는 사람이 승리하는 방식이라고 한다. 동물의 피를 흘리는 것보다는 동물 애호에 각별한 것 같아 훨씬 인간적이지 않나 하는 생각이 든다. 그리고 경기장은 고흐나 피카소 같은 유명 화가들에게 영감을 준 장소로, 그들은 이를 주제로 한 그림들을 남겼는데, 그 사실을 증명이나 하듯 경기장 입구에는 고흐 그림의 입간판이 설치되어 있었다. 내부를 둘러보고 꼭대기로 올라가면 도시의 낮은 스카이라인을 한눈에 볼 수 있는데 날씨가 맑으면 아비뇽까지 볼 수 있다고 한다. 역시 프로방스의 넓은 들녘은 사람들의 시야도 트이게 하는 모양이다.

프로방스가 들려주는 여행 이야기

골목길을 다니면서 찾은 '에스파스 반 고흐(Espace Van Gogh)' 입구.
'에스파스'는 공간이라는 뜻이다.

'에스파스 반 고흐(Espace Van Gogh)'는 화가 고흐가 아를에서 정신병과 잘린 귀를 치료하기 위해 입원했던 시민병원으로 지금은 '고흐의 공간'이라 불린다. 당시 20대 인턴 의사였던 펠릭스 레이의 도움을 받아 이곳에 머물렀다. 16세기에 세워진 건물로, 당시에 환자들의 출입을 막기 위해 폐쇄적인 형태로 지어졌다. 안쪽에 병원 정원이 있어서 이 모습을 고흐가 그림으로 그렸는데 나중에 건물을 보수하면서 고흐가 그린 그림의 색으로 동일하게 칠을 했다. 20세기 초 병원은 도시의 외곽으로 이전하였고 지금은 전시 공간, 미디어 도서관 및 기록 보관소 등 시민을 위해 활용되고 있다.

병원 내부 모습과 고흐가 입원 시 그린 '아를 병원'(1889년)

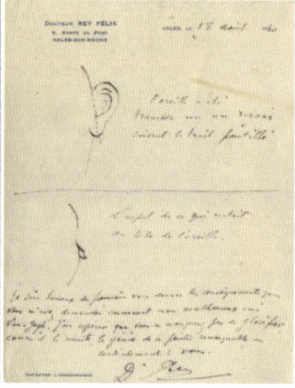

아를 병원의 의사였던 펠릭스 레이와 고흐가 그린 레이의 초상화.
펠릭스 레이는 1888년 12월 23일 고흐가 귀를 자르고 병원에 왔을 때
치료를 하면서 잘려 나간 귀 모양을 진료 기록(우)에 그림으로 남겼다.

세계 미술사에 가장 많이 등장하는 화가는 누구일까?

르네상스 시대의 화가 미켈란젤로(Michelangelo Buonarroti)나 레오나
르도 다빈치(Leonardo da Vinci) 같은 천재 화가들은 거의 신비로운 존재
들이다. 그들의 그림은 일반인들이 접근하기 어렵고 신(神)을 대상으로

프로방스가 들려주는 여행 이야기

한 그림들이라 인간의 '희로애락(喜怒哀樂)' 정서와는 공감되기 어렵기 때문이다. 그러나 빈센트 반 고흐(Vincent van Gogh, 1853~1890)의 삶을 쫓아가다 보면 한 인간이 가지는 불행과 비극에 대한 공감과 애처로움이 생긴다. 그리고 그의 생전에 누려 보지 못한 영예와 영광에 대한 아쉬움과 애틋한 동정심이 묻어난다. 고흐의 삶은 한마디로 애달프고 짧은 인생이었다. 정신병을 안고서 미친 듯이 그림에 몰입한 삶이었다. 다행히 그의 인생에도 역전이 일어났으나 역전이 일어났을 때는 애석하게도 이미 그는 지상의 사람이 아니었다. 죽음 이후, 그를 미술계의 찬란한 존재로 역전시킨 것은 역설적이게도 그에게 늘 그림자처럼 따라다녔던 병약했던 정신세계와 불행한 죽음이 가져다준 것이었다. 이런 이유로 현대인의 마음속에 가장 깊이 자리를 잡았고 그림을 사랑하는 세계인의 입에서 가장 많이 소개되는 화가로 자리매김할 수밖에 없었다. 현재 그가 그린 그림의 평가와 가치는 뛰어넘기 어려운 미술사의 최고봉에 올라 있다고 할 수 있다.

불우한 천재 화가, 고흐(Gogh)는 누구인가?

미술 사조에서 폴 고갱, 폴 세잔 등과 함께 1800년대 후기에 유행했던 '탈인상주의(Post-Impressionism)' 또는 '후기 인상주의'로 분류되는 화가로 20세기 새로운 미술이 시작되는 데 지대한 영향을 끼친 화가이다. 그뿐만 아니라 그의 비극적인 삶의 스토리는 그림과는 별도로 많은 세계인의 가슴에 애잔함으로 남겨져 있고 그가 작품 활동을 하면서 거쳐 간 프랑스의 도시들은 '고흐'라는 유명 브랜드로 전 세계인들이 찾는 여행의 명소가 되었다. 그중에 이곳 아를이 가장 대표적이다.

고흐와 그의 자화상. 그가 그린 자화상은 대략 43점에 이른다.

네덜란드에서 목사인 아버지와 그림 그리기를 좋아하는 어머니의 6남매 중 첫째로 태어나 중학교 시절 학교를 자퇴했다. 16살 때 아돌프 구필(Adolphe Goupil)과 자신의 큰아버지가 함께 창업한 상업적 갤러리인 구필화랑의 직원으로 헤이그, 런던, 파리에서 수년간 근무하면서 그림에 관심이 많았으나 끝내 해고되고 말았다. 이 시기에 프랑스 자연주의 화가

밀레의 그림에서 많은 영향을 받았다. 이후 영국에서 무급 교사로, 벨기에에서는 탄광의 선교사로 3년 남짓 일하며 아버지를 따라 목사가 되기 위해 노력도 했지만, 목사보다는 그림이 더 적성에 맞는다는 주위의 권고에 따라 목사 공부를 그만두고 27세 때인 1880년 그림에 눈을 뜨기 시작하였다. 이후 본격적으로 화가에 뜻을 두고 그림 공부를 시작했으나 체계적인 정규 과정을 이수하기보다는 중도에 그만두고 혼자의 노력으로 독창적인 작품세계를 개척해 나갔다. 그리고 10여 년간 작품 활동을 하다가 37세의 젊은 나이에 비극적인 자살로 생을 마감하기까지 불과 10년 남짓 기간에 무려 900점이 넘는 그림과 1,100여 점의 드로잉, 스케치를 남겼다. 이는 평균 3일 만에 2점의 작품을 완성해 내는 강행군이었다. 그리고 그는 그림과 작품 생활을 담은 이야기로 800여 편의 편지를 동생 테오(Theo)에게 보냈는데, 후에 고흐의 그림 세계를 연구하는 사람들에 의해서 그의 일상들과 예술관, 가족사들이 세상에 많이 공개되었다. 그가 귀를 자르고 권총으로 생을 마감하는 등, 이러한 극단적 비극은 평생 그를 괴롭힌 정신질환, 아마도 우울증이 원인일 것으로 추정되며 이 질환으로 인하여 학교를 자퇴할 수밖에 없었고 갈수록 환청과 환각이 더 심해져 심지어 주변인으로부터 'Le fou roux', 즉 '빨간 머리의 미친놈'이라는 별명까지 붙여져 경계의 대상이 되기도 했다. 그런 가운데서도 오직 그림 그리는 일에만 몰입하였고 많은 작품을 남겼으나 아쉽게도 살아생전에 팔린 작품이라곤 단 한 점밖에 없는데 1888년에 그린 '아를의 붉은 포도밭'이라는 작품이다. 이 그림은 여성 화가로서 그림 수집상인 안나 보흐(Anna Boch)에게 400프랑, 지금으로 환산하면 100만 원 조금 넘는 가격이었다. 그림을 팔지 못했기에 경제적으로 늘 궁핍했고 그의 그림 작업과 생활에 필요한 경비는 동생 테오가 물심양면으로 지원했다. 유일하게 판매된 첫 그림을 매입한 안나 보흐는 고흐를 포함한 많은 젊은 예술가들의 홍보에 노력했는데, 후에 그녀는 유언장에서 자신이 수집한 그림들을 가난한 예술가들의 은퇴를 위해 사용해 달라는 예술을 사랑하는 그림 애호가로서 아름다운 모습을 보였다.

'아를의 붉은 포도밭'(1888년)

'바느질하는 스헤베닝언 여인
(Schevening Woman Knitting)'
(1881년)

고흐의 그림 생애를 좀 더 자세히 알아보기 위해 활동 시기와 장소에 따라 다음과 같이 나누어 볼 수 있다.

1) 화가의 길로, 초기 시절(1880년~1883년)

고흐는 1880년 말, 네덜란드 거주 시 미술가의 문하생으로 들어가는 것이 어떻겠냐는 동생 테오의 권유에 따라 브뤼셀로 간다. 하지만 그는 어느 학교에 소속되어 미술을 배우는 것을 싫어했고 혼자 그림을 그리는 것을 더 좋아했다. 하지만 테오의 지속적인 권유에 설득되어 1880년 11월, 브뤼셀 왕립 미술 아카데미에 입학하여 거기서 해부학, 소묘, 원근법 등 미술의 기초를 배우게 된다. 이듬해인 1881년 4월 학교를 나와 암스테르담, 헤이그 등을 다니면서 그림 공부 및 청년 시절을 보내다 1883년 12월 부모가 계시는 네덜란드의 뉘넌(Nuenen)으로 돌아온다.

'영원의 문'(석판화, 1882년)   '일하는 사람'(1883년)

2) 뉘넌(Nuenen) 과 안트베르펜(Antwerpen) 시절
(1884년~1886년 3월)

고흐는 뉘넌에서 그림에만 몰두하는 것으로 보였다. 집 밖에서 소재를 찾고 짧은 시간 안에 작품을 완성했다. 봄이 찾아오자 자신이 살던 곳을 배경으로 '봄 뉘넌의 목사관 정원'을 완성했다. 이 시기에 연상의 여성과 결혼 문제로 시끄럽기도 했으나 작품 활동도 왕성하여 여러 점의 수채화와 200점의 유화, 여러 점의 정물화도 남겼다. 다만 특징적인 것은 이 시기의 그림이 주로 음침한 흙빛, 특히 어두운 갈색으로 구성되어 있다는 것이다. 1885년 동생 테오로부터 형의 그림 전시에 대한 요청이 있어 '감자 먹는 사람들'과 몇 년간 작업한 농민 그림 여러 점을 보내기도 했다. 그러나 판매가 잘되지 않았고 테오는 형의 그림이 다른 인상주의 작품들처럼 밝지 못하고 너무 어두침침하다며 불평을 토했다. 겨울이 다가오는 1885년 11월에 고흐는 벨기에의 안트베르펜으로 거주지를 옮겼다. 그곳에서는 생활비가 빠듯해서 그림 용품, 빵, 커피, 담배를 사는 것 외에는 거의 돈을 쓰지 못했다. 1886년 2월, 테오에게 보낸 편지를 보면 "지난 4개월 동안 따뜻한 식사는 여섯 번 정도 한 것이 전부"라고 말했을 정도였다. 이즈음 고흐는 자신의 작품이 침침하고 인기가 없다는 테오의 말을 기억하고 안트베르펜의 미술관에서 루벤스의 그림을 감상하는 등 채색을 연구하기 시작했다. 그리고 그림에 카민, 코발트블루, 파리스 그린 등 다채로운 색깔의 물감을 사용하기 시작했다. 이 시기에 고흐의 그림에 큰 영향을 미치는 일이 일어난다. 안트베르펜의 부두에서 당시 일본에서 수입된 우키요에 목판화를 구입한 것이 자신의 그림 성격이 달라지는 운명적 계기가 된 것이다. 우키요에(浮世繪)는 17세

'오두막 앞에서 땅을 파는 여인'(1885년)

　　　　　　　　　　　프로방스가 들려주는 여행 이야기

기에서 20세기 초까지 일본에서 유행한 화풍으로 당대 사람들의 일상생활이나 풍경, 풍물 등을 여러 가지 색상으로 그린 풍속화인데 주로 목판화로 만들어졌다. 이후 고흐는 안트베르펜의 왕립 미술 아카데미에 고등부 입학하여 수업을 받았는데 고흐의 파격적인 화풍이 정규 교육에 맞지 않는다는 교수와 심한 마찰을 빚게 되고 이후 수업에 더 이상 참석하지 않고 1886년 3월 마침내 파리로 떠나게 된다.

'봄 뉘년의 목사관 정원'(1884년)

고흐 사후에 그의 작품이 유명해지자 전시된 작품들은 유난히 도난 피해를 많이 겪었다. 가장 최근에 일어난 도난 사건으로 2020년 3월 30일 밤, 신종 코로나바이러스 사태로 폐쇄된 네덜란드 암스테르담의 싱어라렌(Singer Laren) 박물관에 걸려 있던 고흐의 '봄 뉘년의 목사관 정원(Parsonage Garden at in Spring)'이 도난당했다. 경찰에 따르면, 한 명 또는 여러 명의 도둑이 망치로 유리문을 깨고 박물관에 침입했으며, 경보음에 경비원들이 전시실에 달려갔지만, 작품은 이미 사라진 뒤였다. 교회탑이 멀리 보이는 정원에 한 남성이 서 있는 모습을 담은 이 작품은 반 고흐의 비교적 초기작으로, 현재 가치는 최소 600만 유로(한화 85억 원)로 추정된다고 하며 지금까지도 작품은 사라진 상태라고 한다.

'감자를 먹는 사람들'(1885년)

'감자를 먹는 사람들'은 초기의 대표작이다. 고흐의 아버지는 1882년 네덜란드 남부의 시골인 뉘넌의 작은 개척교회 목사로 부임했는데 고흐도 1883년에 이곳으로 와서 2년간 그곳 농촌과 농민들의 삶을 그린 작품을 여럿 남겼다. 고흐는 뉘넌 농민들의 빈곤한 삶에 깊이 공감했으며 이들의 어려운 삶과 그 와중에도 희망을 잃지 않고 살아가는 모습을 화폭에 담았다. 그중 한 작품이 바로 '감자를 먹는 사람들'이다. 1885년 3월 어느 날, 고흐는 호르트라는 농부의 집을 지나치다가 그 집에 들어가게 되었는데 농부의 가족들이 희미한 석유 램프 불빛 아래서 차를 마시며 감자를 먹고 있었다. 고단한 하루가 끝나고 모여서 조촐하게 감자로 식사를 하는 모습

프로방스가 들려주는 여행 이야기

이 고흐의 마음을 움직여 그림의 소재로 자리 잡았을 것으로 추측된다. 이 그림에 대해 당시 다른 화가들은 칙칙하고 어두우며 지저분한 색을 사용했다고 하여 그리 호의적이지 않았다. 하지만 정작 고흐 본인은 이 작품을 상당히 좋아했으며 평생 이 작품을 자신의 대표작 중 하나로 생각했다고 한다. 고흐는 여동생에게 보낸 편지에서 "감자를 먹는 농부를 그린 그림이 내 그림 가운데 가장 훌륭한 작품으로 남을 것이다."라고 말했다고 한다. 실제 고흐의 작품 중에서 잘 알려진, 손꼽히는 명작에 속한다.

'감자를 심는 농부와 그의 아내'(1885년)　　'펼쳐진 성경과 촛대, 소설책이 있는 정물'(1885년)

3) 파리 시절(1886년 3월~1888년 2월)

1886년 3월, 고흐는 파리의 몽마르트(Montmartre)에 있는 동생 테오의 아파트에 합류한다. 당시 몽마르트는 새로운 예술세계를 구상하던 가난하고 젊은 예술가들이 많이 모여 살던 장소였는데 그 영향이 지금의 몽마르트 언덕을 더욱 유명하게 만들었다. 여기서 고흐는 화가들과 교류하고 친분을 쌓아 가면서 친구와 지인들의 초상화, 정물화, 풍경화를 그렸다. 특히 몽마르트를 소재로 한 여러 작품이 당시 그려졌다. 그리고 특이한 것은 안트베르펜에서 시작된 우키요에 풍속 목판화에 대한 관심이 점점 깊어져 수백 점의 목판화를 수집해 파리의 작업실 벽을 장식하기도 했다. 이즈음부터 고흐는 더 밝은 색채와 대담한 붓질을 사용하기 시작했다. 우키요에의 영향을 받은 것으로 보이는데 그동안 렘브란트와 밀레의 어두운 화풍이 주류였던 인상주의를 밝은 화풍으로 바꾸게 된 것이다.

일본 우키요에의 영향을 받아 그린 '비 오는 날의 다리'(1887년)

또한, 그 시기 인상파 화가들로부터 받은 영향으로 빛이 만들어 내는 색채의 조화를 표현하는 자신의 회화 스타일에 큰 변화를 가져왔는데 결국 이 같은 변화로 인하여 그의 작품에서 풍겨나는 분위기도 초기와는 많이 달라지게 되었다. 그리고 1887년 11월에 자신보다 연상인 폴 고갱(Paul

Gauguin, 1848~1903)이 파리에 도착하자 친분 있는 미술상을 통하여 서로 친구가 되었다. 동생 테오는 900프랑을 주고 고갱의 작품 세 점을 구입하여 자신의 사무실에 걸었고 고흐는 자신이 그린 푸른 바탕의 커다란 해바라기 두 개가 핀 그림을 선물했다. 이를 계기로 고갱과 고흐는 친분이 깊어져 같이 작업실을 쓰기로 하였다. 하지만 그를

'탕기 영감의 초상'(1887년)

괴롭히던 정신질환으로 인해 요양의 필요성을 느끼고 1888년 2월, 2년 동안 200점 이상의 작품을 남긴 채 파리를 떠나게 된다. 그러나 테오의 말을 빌리면 '형과 함께 사는 것이 거의 견딜 수 없을 정도'라고 실토한 것을 볼 때 형제들의 파리 생활은 서로에게 많은 갈등을 겪게 한 것으로 추측된다.

'몽마르트 언덕의 풍차'(1886년)

'몽마르트 풍경'(1887년)

'몽마르트 언덕 채소밭'(1887년)

프로방스가 들려주는 여행 이야기

4) 아를 시절(1888년 2월~1889년 5월)

1888년 2월 19일 일요일 밤 9시 40분, 고흐는 파리에서 아를로 가기 위해 지중해 항구도시 마르세유(Marseille)까지 가는 급행열차를 탔다. 그런데 갑작스럽게 폭설이 내려 16시간 만에 겨우 아를역에 도착했다. 프로방스의 작은 도시인 아를로 온 이유는 파리에서 2년을 지내면서 대도시의 혼잡함에 지쳤고 또 몸을 요양해야 할 필요성이 있었기 때문이었다. 그리고 자신만의 그림 세계를 새로 찾지 않을 수 없었기 때문이었다 아를의 구시가지에 있는 카렐 호텔에서 첫날밤을 보낸 그는 지금껏 경험해 보지 못한, 그토록 찾아 헤맸던 강렬한 빛과 푸른 하늘, 다양한 색채를 운명처럼 찾아내었고 만족스럽게 이곳에 정착하였다. 그는 여기서 지내는 동안 미술 인생의 가장 창조적이며 생산적인 시기를 보내게 된다. 이곳에서 그는 이상할 정도로 꼼꼼한 붓 터치에 타는 듯이 강렬한 색감을 결합시킨 고흐 특유의 화풍을 전개하기 시작하였다. 아를에서 머문 기간은 총 1년 3개월, 짧은 시간인데도 불구하고 그의 전체 작품 900여 점 중 300여 점이 완성된 것으로 보아 아를의 시기가 그의 최고의 활동 전성기라고 볼 수 있을 것이다. 여기서 그는 불후의 명작으로 꼽히는 여러 점의 '해바라기', '밤의 카페 테라스', '아를의 별이 빛나는 밤', '노란 집', '아를의 침실', '아를의 여인' 등을 대표작으로 완성했다.

아를에서 그린 (좌) '해바라기 초판'(1888년)과 (우) '해바라기 2판'(1888년).
2판은 일본에서 소장 중 제2차 세계대전으로 소실되었다.
아를 근처에는 그림의 소재가 된 해바라기 밭을 흔히 볼 수 있다.

'해바라기 3판'(1888년)　　　　　　'해바라기 4판'(1888년)

'해바라기 3판의 재판'(1889년)　　　　　'해바라기 4판의 재판'(1889년)

　고흐의 '해바라기'는 12~13점이 제작되었다고 알려져 있다. 그가 이렇게 많은 작품을 남긴 이유는 해바라기가 자신의 태양처럼 뜨겁고 격정적인 감정을 대변해 주었기 때문이라고 한다. 그래서 해바라기는 그에게 '영혼의 꽃'으로 불린다. 고흐는 아를에서 동료 화가인 폴 고갱이 자신과 함께 작업하게 된 것을 기뻐하면서 고갱을 위해 작은 집을 빌려 노란색 페인트를 칠한 후 해바라기꽃을 그린 그림으로 장식하였다. 이때 그려진 '해바라기'들은 고흐에게 '태양의 화가'라는 호칭을 안겨 준 중요한 작품들이다. 고흐는 동생 테오에게 보내는 편지에서 노란색 꽃병에 꽂힌 열두 송이의 해바라기에 대해 언급하며 "이것은 환한 바탕으로 가장 멋진 그림이 될 것이라 기대한다"라고 쓰고 있다. '해바라기'는 색채, 특히 노란 색채에 대한 열망으로 가득 찬 작품이다. 고흐에게 노란색은 무엇보다 희망을 의미하며, 당시 그가 느꼈던 기쁨과 설렘을 반영하는 색이다. 더불어 대담하고 힘이 넘치는 붓질은 그의 내면의 뜨거운 열정을 드러내 보여 준다. 그리고 꽃의 섬세함을 포착하면서도 자신이 본 것을 그대로 재현하기보다는 빛과 색채를 통한 감각과 감정을 표현하고자 하였다. 이글거리는 태양처럼 뜨겁고 격정적인 자신의 감정을 대변하는 해바라기는 역설적이게도 그의 영혼의 꽃이 되었고 짧고 비극적인 그의 삶과 예술세계를 함축하고 있다고 볼 수 있다.

'노란 집이 있는 거리'(1888년)　　　　'노란 집'(1888년 9월)

　고흐가 살던 아를의 '노란 집(La maison jaune)'은 기차역과 론강 사이의 광장에 있는데, 약 6개월간 살았던 집이다. 1888년 5월, 고흐는 방이 4개 딸린 이 '노란 집'을 임대하였다. 처음부터 이곳에서 생활한 것은 아니고 작업실로 사용하다가 9월 초 이사를 했는데 이곳은 고흐가 대담한 색상과 역동적인 붓놀림으로 자신만의 화풍을 만든 작업실이 되었다. 또, 이 집은 고흐에게 있어 자신의 꿈을 실현하고 파리에서 느껴 보지 못한 새로운 미술의 세계 속으로 한 걸음씩 들어가면서 다른 한편으로는 화가들의 공동체를 만들 수 있다는 꿈에 부풀어 있었던 곳이기도 하다. 그러나 아쉽게도 공동체에 참가할 화가들은 없었고 다행히 1888년 10월 23일, 동생 테오의 주선으로 폴 고갱이 혼자 합류했다. 고흐는 자신보다 다섯 살 연상인 고갱이 온다는 소식에 기뻐하며 방을 해바라기 그림으로 장식했다. 고갱이 아를에 머물던 9주 동안 고흐는 36점, 고갱은 21점의 유화를 각각 그렸다. 그러나 실제 생활에서 이들은 서로 다른 화풍과 기질, 미학에 대한 동떨어진 인식 등 공동체 생활에 방해가 되는 요소가 한둘이 아니었다. 결국, 9주 후 어느 날 갑자기 고갱은 떠나겠다고 선언하고 짐을 싸고 나가 버렸다. 왜 그랬을까? 고갱이 다른 사람에게 쓴 편지에 의하면 1888년 12월 23일 겨울 저녁, 고흐가 자신을 마구 비난하였다고 한다. 그로 인해 서로의 관계가 불편하게 되면서 결국 고갱은 파리로 돌아가 버리게 되었다. 이로 인해 정작 더 큰 충격을 받은 사람은 고흐였고, 그는 자신의 꿈이 부서지는 느낌을 받았다. 그리고 그날 밤 비극적인 사건이 발생했는데 고흐가 자신의 귀를 자르는 충격적인 일을 벌인 것이다. 다음 날 고흐는 아를의 정신병원으로 가게 되었고 그들의 세계는 또 다른 아픔의 공간 속으로 휩쓸려 들어가게 되었다. 그리고 둘은 생전에 다시는 만나지 않았지만, 연락은 이어졌다고 한다. 그 당시 고갱이 그린 그림에는 고흐와의 사건에서 생긴 트라우마가 들어있다고들 이야기한다. 나중에 고흐는 자신의 작품들이 고갱으로부터 많은 영향을 받은 것이라고 밝힌 반면 고갱은 다른 사람들의 평가에도 불구하고 자신이 고흐로부터 받은 영향은 아무것도 없다고 부인하였다고 한다.

고흐는 왜 자신의 귀를 자르는 엽기적인 행각을 일으켰을까? 그럴싸한 추측에 의하면 두 사람의 갈등이 결정적으로 폭발한 이유는 바로 고갱이 그린 그림, '해바라기를 그리는 반 고흐'때문이었다고 말한다.

고갱이 아를에서 그린 (좌) '해바라기를 그리는 반 고흐'(1888년)와
고갱의 대표작 (우) '해변의 타히티 여인들'(1891년)

고흐는 자신의 그림에 나오는 인물들은 거의 대부분 뚜렷한 눈동자가 나오도록 그렸다. 반면 고갱이 그린 그림 속 고흐 얼굴은 흐리멍덩한 모습으로 그려졌다. 그래서 고흐는 고갱이 자신을 제정신이 아닌 사람으로 조롱하기 위해서 그린 것으로 생각했다고 한다. 결국, 고흐는 술집에서 고갱과 술을 함께 마시다가 술잔을 집어 던지는 등 자신의 분노를 표출했다고 한다. 이는 평소의 정신질환과 감정이 어우러져 일어난 일로 보이는데 훗날 고갱의 회고에 의하면 고흐가 면도칼을 들고 나와 자신을 찌를 듯 노려봤는데, 노려보기만 하고 그냥 나가 버렸다고 한다. 그리고 뒤이어 자신의 귀를 잘랐다는 것이다. 다른 한편은 귀를 자른 것은 자신이 얼마 전 그린 그림 '아를 투우장의 관중'에서 그 의도를 추측할 수 있다는 설도 있는데, 투우에서 소의 귀를 자르는 게 승리의 표상으로 여겨지므로, 고흐에게 어쩌면 고갱의 압박을 이겨 내려는 일종의 상징적이고도 순간적인 착란 작용이 발생했을 가능성으로 보는 이도 있다. 또 다른 한

프로방스가 들려주는 여행 이야기

편의 시각은 자신의 그림자와 같았던 동생 테오가 사전에 말없이 결혼했는데 이는 자신을 무시한 처사로 가족들에 대한 잠재된 원망의 분출이라는 확인할 수 없는 소문들도 회자되고 있다. 다만 그가 아를 시절, 뜨거운 햇볕 아래서 모자도 안 쓰고 그림을 그리는 등, 그의 행동은 늘 불안정했고 그는 이러한 정서적, 심리적 상태의 일면들을 이겨 내기 위하여 술과 담배에 많이 의지했는데 특히 압생트(absinthe, 근대 유럽에서 유행했던 45~74도의 아주 높은 도수의 술)를 너무 많이 마셔 스스로 망가진 것이 원인이라는 설도 있다.

고흐가 고갱과 살았던 두 달 남짓의 기간에 노란 집의 자기 방을 그린 그림이 '아를의 침실'이고 고갱을 위해 그렸던 '해바라기'는 그의 대표작으로 불후의 명작이 되었다. 노란 집이 있던 라마르틴(Lamartine) 광장 앞에는 고흐의 노란 집을 안내하는 표지판이 세워져 있는데 아쉽게도 노란 집은 제2차 세계대전 때 폭격으로 부서졌고 다행히 그림 속 굴다리 위 기찻길은 현재도 그대로 남아 있다.

고흐가 살던 노란 집 옆에는 고흐와 고갱이 자주 이용하던 카페가 있었다. 이름은 '카페 드 라 가르(Café de la Gare)'이며 이 카페의 주인은 '조셉 지누'로 고흐는 지누의 부인을 모델로 삼아 초상화를 자주 그렸다. 그리고 고흐와 고갱은 각각 이 카페도 그림으로 남겼다.

고흐는 '아를의 밤의 카페'를 3일 밤에 걸쳐 그렸다고 한다. 고갱도 같은 이름으로 그림을 그렸다. 두 작품을 비교해 보면 고흐는 카페 내부의 모습을 전반적으로 나타낸 반면 고갱은 사람을 중심으로 그렸다. 고갱의 그림에서 주인공으로 그려진 여인이 '지누 부인'인데 고흐가 그린 '지누 부인'과는 차이가 있다. 고흐는 '지누 부인'앞에 책을 놓아 둔 반면 고갱은 앞에 술병을 놓아 술집 주인의 모습을 사실대로 그렸다. 그리고 고갱의 그림 뒤쪽에 앉아 있는 사람 중에는 고흐와 아주 친했던 우체부 '룰랭'의 모습도 보인다.

고흐가 그린 (위) '아를의 밤의 카페'(1888년)와
친구 폴 고갱이 그린 (아래) '아를의 밤의 카페'(1888년)

프로방스가 들려주는 여행 이야기

'아를의 침실'이란 제목으로 그려진 그림은 두 점 이상이 있는데 1888년의 그림이 최초로 그려진 그림이고 1889년 아를 인근의 생 레미 요양 병원 입원 시절 동생 테오의 요청으로 복사본이 다시 그려졌다.

'아를의 침실'(1888년)

고흐가 아를에서 가장 친하게 지냈던 두 사람은 '조셉 지누' 부인과 우체부인 '조셉 룰랭'이었다. '지누 부인(Madame Ginoux)'은 남편과 '카페 드 라 가르'라는 술집을 운영했는데 고흐는 아를에 와서 처음 이 집에 세 들어 살다가 미술 공동체를 만들기 위해 방이 많은 '노란 집'으로 이사를 했다. 이들은 고흐에게 친절을 베푼 몇 안 되는 지인이었다. 고흐와 고갱은 '지누 부인'이 운영하는 '카페 드 라 가르'에서 자주 술을 마셨다. 고흐는

40대의 지누 부인으로부터 많은 도움을 받았는데 지누 부인이 비록 아름답지는 않았지만 어려운 처지여서 따뜻한 마음을 가지고 그들을 대했다. 고흐는 '아를의 여인(Arlesienne)'이란 이름으로 여러 차례 지누 부인의 초상화를 그렸다. 1890년 오베르에서 자살할 때까지 지누 부인의 초상화를 일곱 점 그린 것으로 알려져 있는데, 그림

'책을 읽는 지누 부인'(1888년)

속의 지누 부인은 프로방스 전통의상을 입고 책을 놓고 앉아 있는 정숙한 부인으로 그려졌다.

룰랭은 아를에서 사귄 우체부로 고흐 자신보다 12살이나 많지만 친하게 지낸 친구이다. 고흐는 파리에 있는 동생 테오에게 편지와 그림을 보내기 위해 우체국에 자주 들렀는데 룰랭은 우편물을 분류하는 직원이었다. 룰랭은 일을 마치면 카페에서 매일 술을 마셨기에 주독이 올라 실제 나이는 그보다 훨씬 더 들어 보였다. 고흐는 이런 룰랭에 대해 동생 테오에게 이렇게 편지로 썼다.

"룰랭은 쓴맛도 없고, 우울하지도, 완벽하지도, 행복하지도, 그리고 항상 완벽하게 정직하지도 않은 사람이다. 하지만 너무 좋은 친구, 소크라테스처럼 너무 현명하고, 너무 기분 좋고, 너무 충실해! 룰랭을 아버지 같

다고 하기엔 그렇게 나이가 많지는 않지만 나에게 항상 진지하고 다정하단다. 마치 노병이 젊은 병사를 대하는 것처럼 말이야.”

고흐는 룰랭을 만난 1888년 8월부터 1889년 4월까지 약 9개월 동안 룰랭의 초상화를 6점을 그렸는데 그중 3점은 배경에 꽃이 있게 그렸다. 그림의 배경에 꽃을 그려 넣은 이유에 대해 고흐는 “평범한 우체부의 초상화를 고귀한 신분의 초상화처럼 그리고 싶어 꽃을 넣었으며 모델의 성격에 맞는 현대적인 초상화를 그리고 싶었다”라고 말했다. 그리고 룰랭의 아내 오귀스틴의 초상화와 세 자녀를 모델로 한 그림도 그렸는데 가족을 대상으로 한 작품만 총 20점이나 되었다. 가난한 룰랭의 집 형편에 고흐가 주는 약간의 모델료는 나름의 수입이 되었다고 한다.

이런 룰랭 부부는 고흐가 귀를 자르고 난 후 병원에서 그를 돌봐 주었던 다정한 사람들이었는데 이후 룰랭 가족이 마르세유로 옮겨가면서 연락은 뜸해졌지만, 고흐는 이들에게 늘 친근한 마음이 많았다고 한다. 고흐의 편지에 “나는 예술로 사람을 어루만지길 원한다. 마음이 따뜻한 사람이길 원한다.”라고 한 것으로 볼 때 그가 그림의 밑바탕에 어떤 마음을 두고 있는지를 짐작할 수 있다.

고흐가 사망한 후, 1895년 저명한 화상(畵商) 앙브르아즈 볼라르는 고흐의 그림 가치를 꽤 뚫고 룰랭 가족을 찾아 추적했다. 그리고 룰랭을 설득하여 그 집 벽에 걸려 있던 초상화들을 매입했다. 그 후 이 작품들의 가치는 급상승했고 룰랭 가족의 초상화는 세계 유수의 미술관으로 매입되는 바람에 현재는 뿔뿔이 흩어져 있는 실정이다.

'우체부 룰랭의 초상화'(1888~1889년)와 룰랭의 아내 '오귀스틴의 초상화'(1889년)

프로방스가 들려주는 여행 이야기

고흐의 형제들은 3남 3녀였다. 가장 친근했던 막내 여동생 빌(빌헤미나, Wilhemina)은 9살 아래였다. 고흐는 빌에게 22통의 편지를 써 보냈는데 카페 테라스와 관련된 편지에서 이 그림을 다음과 같이 묘사하고 있다.

'아를의 밤의 카페 테라스' (1888년)와 현재의 고흐 카페 모습

고흐가 그린 카페 테라스 현재 모습. 아를의 가장 유명한 명소이다.

"푸른 밤, 카페 테라스의 커다란 가스등이 불을 밝히고 있어. 그 위로는 별이 빛나는 파란 하늘이 보여. 바로 이곳에서 밤을 그리는 것은 나를 매우 놀라게 하지. 창백하리만치 옅은 하얀빛은 그저 그런 밤 풍경을 제거해 버리는 유일한 방법이지. … 검은색을 전혀 사용하지 않고 아름다운 파란색과 보라색, 초록색만을 사용했어. 그리고 밤을 배경으로 빛나는 광장은 밝은 노란색으로 그렸단다. 특히 이 밤하늘에 별을 찍어 넣는 순간이 정말 즐거웠어."

계속해서 그는 "모파상(Moupassant)이 쓴 소설 '벨 아미(Bel Ami)'의 시작이 큰길에 밝게 빛나는 카페들과 함께 별이 빛나는 파리의 밤에 대한 묘사로 시작되지. 바로 그 장면이 내가 방금 그린 그림과 거의 같은 거야."라고 덧붙이기도 했다.

고흐는 아를의 밤을 좋아했다. 하늘의 별과 특히 아를의 포룸 광장(Place du Forum)에 자리한 야외 카페의 가스등이 내뿜는 빛에 매료되었다. 이런 밤 풍경을 담은 작품을 그리던 무렵부터는 밤중에 작업하기를 즐겼다

프로방스가 들려주는 여행 이야기

고 한다. 그의 눈에는 그림에서 보듯 밤하늘도 푸르게 빛이 나고 사이사이
의 별들은 마치 구름 덩어리처럼 크게 떠 있는 것으로 보여졌을 것이다.

다리를 배경으로 '론강의 별이 빛나는 밤'을 그린 장소를 알리는 표지판. 현재 파리 오르세 미술관이 소장하고 있는 이 작품은 9개월 후, 생 레미(Saint-Rémy)의 정신병원에서 그린 '별이 빛나는 밤'과 함께 고흐가 그린 '별밤의 절정을 이루게 한다.

'론강의 별이 빛나는 밤'(1888년 9월)

별밤을 그림으로 그리는 고흐의 감정은 그가 쓴 편지에서 잘 나타난
다. "지도에서 도시나 마을을 가리키는 검은 점을 보면 꿈을 꾸게 되는 것
처럼, 별이 반짝이는 밤하늘은 늘 나를 꿈꾸게 한다."(1888년 7월 9일, 테
오에게 보낸 편지) 나아가 별을 보는 고흐는 늘 별에서 미래에 대한 자
신의 희망을 피력했다. "그러나 언젠가는 내 그림이 물감값과 생활비보
다 더 많은 가치를 가지고 있다는 걸 다른 사람이 알게 될 날이 올 것이
다."(1888년 10월 25일, 테오에게 보낸 편지)

'론강의 별이 빛나는 밤'은 고갱이 아를로 온다는 소식을 듣고 들뜬 마
음으로 그를 기다리던 시기에 그린 그림이다. 작고 고즈넉한 이 마을에서

자신이 좋아하는 고갱과 함께 작업을 같이할 수 있다는 부푼 마음으로 바라본 밤하늘의 별들은 정말 아름다웠을 것이다. 별에 유독 관심이 많았기 때문에 고흐의 그림에서 하늘을 자세히 관찰하면 실제 북두칠성이 그림의 중앙에 편안히 누워있는 것을 발견할 수 있다. 이 그림이 행복한 시기에 그려진 것이라면 나중에 생 레미에서 그려진 '별이 빛나는 밤'은 고흐의 정신적 고통이 더욱 심해져 소용돌이치는 듯한 특유의 표현이 두드러진다. 결국 '별이 빛나는 밤'을 완성하고 약 1년 후에 안타깝게도 스스로 생을 마감하게 된다.

동생 빌헤미나를 모델로 그린 '독서하는 여인'(1888년),
귀를 자른 후에 그린 '자화상'(1889년)

고흐는 기괴한 행적을 벌이는데, 잘라낸 귀를 여러 겹의 화장지와 신문지에 싸서 알고 있는 여성(아를의 사창가에 있는 매춘부라는 설과 자신의 집안일을 도와주는 여성이라는 설이 있는데 명확하지 않음)의 집에 찾아가 "잘 보관하고 나를 기억해 줘"라고 하면서 건넸다고 한다. 경악한 여성은 바로 경찰에 신고했고, 경찰에 의해 고흐는 정신병원에 입원하게 된다.

12월, 아를 시립병원에 입원하여 귀를 치료한 고흐는 이듬해인 1889년 1월 7일, 그림을 그리고 싶어 퇴원하고 싶다고 했으며 그러한 고흐의 열망을 병원은 받아 주었다. 병원 주치의였던 레이는 고흐의 예술성을 긍정적으로 보았고 그래서 거의 한 달 만에 다시 노란 집으로 돌아왔다. 그러나 동네 사람들의 민심은 흉흉했다. 사람들은 고흐를 위험 인물로 봤다. 자신의 귀를 잘라 여인에게 줄 정도의 끔찍함이라면 다른 사람도 공격할 가능성이 있다고 봤기 때문이었다. 사람들은 경찰서에 "고흐를 마을에서 내보내고 격리시켜 달라"고 요청했다. 더군다나 고흐가 물감이나 석유를 먹으려 드는 발작 증세를 보였다는 이야기를 듣고는 결국 아를 시민들이 나서서 고흐를 강제로 입원시켜야 한다는 청원서에 서명 작업을 벌이기도 했다. 이 일로 고흐는 큰 충격을 받았고 상심한 마음에 정신병은 더욱 깊어져만 갔다. 결국, 2월에 고흐는 다시 병원에 입원하게 될 수밖에 없었고 의사 레이는 고흐에게 낮에는 집에 가서 그림을 그리고 밤에 병원에 돌아오게 하는 식으로 배려와 안정을 취하게 해 주었다. 그러나 고흐는 얼마 후 아를 시립병원에도 불만을 터트렸고 동생 테오에게 다른 곳으로 가고 싶다고 부탁했다. 결국 테오는 형이 치료를 받으면서 그림을 그릴 만한 다른 정신병원을 알아보았는데, 아를 인근의 생 레미(St. Remy)에 있는 정신병원을 추천받았다. 그리고 1889년 5월 8일, 고흐는 좋아했던 아를을 떠나 생 레미로 가게 된다. 파리에서 아를로 내려왔지만, 그림자처럼 따라다니며 그를 괴롭힌 정신병으로 인하여 고통을 참아 가며 그림혼을 불태웠던 고흐의 아를 생활은 결국 총 444일 만에 마감되게 된 것이다. 그때 동생 테오에게 1889년 3월 19일 보낸 편지에서 자신이 처한 상황을 아래와 같이 말했다.

"사랑하는 동생아, 다시 한번 말하지만, 지금 바로 나를 정신병원에 가둬 버리든지 아니면 온 힘을 다해 그림을 그릴 수 있도록 내버려 다오. 내가 정말 잘못했다면 나를 가둔다 해도 반대하지 않겠다. 그냥 그림을 그릴 수 있게 해 준다면 약속한 주의사항을 모두 지키도록 하마. 우리가 할수 있는 최선은 어쩌면 우리의 자잘한 슬픔을 농담처럼 받아들이는 일인지도 모른다. (중략) 네게 내 그림들을 보내고 싶지만, 그들이 내 그림에까지 자물쇠를 채우고 지키고 있구나."

그 후 고흐는 그림을 그릴 수 있게 해 준다는 조건으로 생 레미 정신병원에 자발적으로 들어갔다. 그리고 증세가 심하지 않을 때는 병원 근처에서, 증세가 심할 때는 2층 병실에서 그림을 그렸다. 이토록 강렬한 그의 그림에 대한 집념은 그가 그림을 그리기 위해 태어났기 때문이 아니라면 결코 다른 이유로는 설명될 수 없을 것이다.

5) 생 레미 정신병원 입원 시절(1889년 5월~1890년 5월)

고흐는 1889년 5월 8일, 아를의 북동쪽으로 약 20km 떨어진 생 레미(St. Remy) 마을에 있는 생 폴드 무솔(Saint-Paul-de-Mausol) 정신병원에 입원하여 일 년 정도 요양하게 된다. 이곳은 요양원이자 수도자들의 은둔지와 같은 수도원이었는데 고흐가 미술 활동을 할 수 있는 작업실이 있어서 생애 마지막 거처인 오베르로 가기 전까지 활발한 작품 활동을 할 수 있었다. 정신적으로 취약한 상태에서도 그는 정신병원에 딸린 정원을 비롯해 주변 자연경관을 주제로 무려 150여 점의 작품을 완성했다.

생 레미 시절에 '지누 부인'을 그린 '아를의 여인'(1889년)과 '삼나무가 있는 밀밭'(1889년)

프로방스가 들려주는 여행 이야기

고흐의 가장 대표작인 작품, '별이 빛나는 밤'(1889년)

‘별이 빛나는 밤’은 생 레미 드 프로방스에서 고흐가 아침에 동트는 하늘을 바라보며 그린 그림으로, 그의 생애를 대표하는 그림이다. 동트는 하늘에 사이프러스 나무가 이글거리는 불꽃처럼 타오르고 새벽하늘의 별빛이 파도처럼 흘러간다. 고흐의 그림은 단순히 풍경을 그대로 묘사하기보다는 언덕과 구름, 집과 나무, 밤하늘과 별빛을 바라보는 자신의 황홀한 감정과 경이로움을 그림 속에 가득 담아 표현하는 것이 특징이다. 그의 편지에서도 "사람이 늙어서 평화롭게 죽는다는 것은 별까지 걸어서 가는 거야"라고 말하기도 했다.

'별이 빛나는 밤의 사이프러스'(1890년). 사이프러스(cypress)는 측백나무의 일종이다.

프로방스가 들려주는 여행 이야기

'아이리스(Iris)'는 백합과의 붓꽃이다. 고흐가 아를을 떠나 생 레미 마을 외곽의 생 폴드 무솔(Saint-Paul-de-Mausol) 정신병원에서 요양 중일 때 그를 위로해 주었던 것은 병원 주변에서 자라는 식물들이었다.

'아이리스'(붓꽃, 1889년)

특히 고흐는 붓꽃을 좋아했고 여러 점의 아이리스를 그렸다. 병원 입원 후 처음에는 안정을 찾았지만 불과 두 달도 되지 않아 어쩔 수 없는 불만을 터뜨리기 시작했고 환각에도 시달리며 2~4주 간격으로 예고 없는 발작을 겪었다고 한다. 그래서 병원에서는 안정을 얻기 위해 그림 그리는 것을 말렸는데 오히려 병원의 요구는 고흐의 심경을 거슬렀다고 한다. 그에게 있어 그림을 그리지 못하는 삶이란 죽음보다 더 비참한 것이었기 때문이다.

고흐의 작품을 금액으로 환산하는 일은 그의 열정에 비추어 바람직
하진 않다. 그럼에도 불구하고 세상은 상업적 평가를 할 수밖에 없는 것
이 현실이다. 이보다 더 실제적인 방법이 없기 때문일 것이다. 생 레미에
서 그린 '아이리스'는 1987년 3월 30일, 세계 경매 시장에서 크리스티즈
(Christie's)와 함께 양대 산맥으로 불리는 뉴욕의 소더비즈(Sotheby's)에
서 5,390만 미국 달러라는 기록으로 팔렸다. 그 당시로 세계에서 가장 비
싸게 팔린 그림이었다. 고흐 그림의 가치가 비록 돈의 가치지만 대중에게
인정받은 셈이다. 생전에 그림이 팔리지 않아 마음에 깊은 상처를 입은
고흐가 당시 세계에서 가장 비싼 그림의 화가가 되었다는 것은 정말 미술
사의 아이러니가 아닐 수 없다.

고흐에게 아이리스는 특별한 그림 소재였다. 아이리스 그림이 잘 그려
지면 정신이 안정되었고 잘 그려지지 않을 때는 발작이 심해졌다고 한다.
보라색 아이리스의 꽃말은 '행운'이며 노란색 아이리스의 꽃말은 '행복'이
다. 비록 몸은 더 어지러워지고 힘들어 갔지만, 꽃말 그대로 이 시기에 비
로소 그에게도 행운이 찾아오기 시작했다. 작품들이 몇몇 전시회에 초대
를 받아 호평을 받았고 화가로서 이름도 점점 알려지게 되었다. 또 판매
되지 않던 작품들이 하나둘씩 관심을 받기 시작한 시기도 이때부터라고
한다. 아마도 자신의 불운한 삶에 행운이 깃들기를 바라는 간절한 염원으
로 아이리스를 그렸던 것은 아닐까 싶다.

'거대한 공작 나방'(Giant
Peacock Moth, 1889년)

1889년 5월 고흐는 동생 테오에게 편지를 썼다. "어제 아주 희귀한 밤나방을 그렸는데 여기서는 '죽음의 머리'라는 애칭을 지닌 동물이야. 색상이 놀랍도록 뚜렷한데 검은색, 회색, 흰색, 음영, 그리고 약간의 암적색 혹은 올리브그린 빛을 띠고 있었어. 아주 큰 나방이었지. 그림을 그리려면 죽여야 했는데 그렇게 아름다운 동물을 죽인다는 건 아쉬운 일이었지." 결국, 고흐는 나방을 죽이지 않고 작품을 완성했다고 한다.

'꽃이 핀 아몬드 나무'(1890년)

'장미가 꽂힌 꽃병'(1890년)

고흐는 생 레미에서도 하루에 1편 이상의 왕성한 작품 활동을 벌였다. 1890년 2월, 입원 중이던 고흐는 동생 테오에게서 조카 '빈센트(Vincent)'가 태어났다는 기쁜 소식이 담긴 편지를 받았다. "형, 전에 말했듯이 아이 이름을 형의 이름을 따서 지었어. 그리고 빈센트가 형처럼 단호하고 용감할 수 있도록 기도도 드렸어." 건강, 행복, 성공, 그 어느 것도 가지지 못했던 자신의 이름을 딴 조카에게 고맙기도, 미안하기도 했던 고흐는 조카를 위한 선물로 예쁜 이 꽃나무 그림을 그렸다. 푸른 하늘을 배경으로 분홍

프로방스가 들려주는 여행 이야기

색과 흰색의 꽃이 핀 아몬드 나무 그림이었다. 그는 아를에 머물던 시절부터 많은 꽃나무 그림을 그렸지만 이렇게 가까이서 꽃과 꽃봉오리를 관찰해 그린 것도, 이처럼 밝은 색깔을 쓴 것도 처음이었다. 고흐 자신도 인내심 있게 그려낸 최고의 작품이라고 생각했다. 동양화를 연상시키는 과감한 구도와 나뭇가지의 굵은 윤곽선, 밝은 색채, 평평한 배경 등은 당시 인상파 화가들 사이에서 인기를 끌었던 일본 목판화에서 영향을 받은 것으로 보였다.

아몬드 꽃은 긴 겨울을 이겨 내고 초봄에 가장 먼저 꽃망울을 터트리며 핀다. '꽃이 핀 아몬드 나무'는 고흐가 자신의 조카에게 준 첫 선물이자 그의 37년 인생의 마지막 봄에 그린 마지막 꽃 그림이다. 고흐는 조카의 탄생 소식을 듣고 매우 기뻐하면서 이 그림을 그렸다고 한다. 푸른 바탕에 벚꽃처럼 핀 하얀 아몬드 나무꽃이다.

그림을 받은 테오는 "너무 아름답다"라며 아기 침대 위에 걸어 두었다. 이른 봄에 피는 아몬드꽃은 새 생명과 새 희망을 상징한다. 또한, 부활의 상징으로도 알려져 있다. 고흐는 역설적이게도 가장 암울하고 힘들었던 이 시기에 가장 희망적이고 밝은 그림을 그려낸 셈이다. 현재, 생 레미 정신병원의 정원에는 방문객들이 고흐의 그림을 보며 산책을 할 수 있도록 해놓았는데 '꽃이 핀 아몬드 나무' 그림에는 생명력 넘치는 봄날의 프로방스 정취가 그대로 묻어 있다.

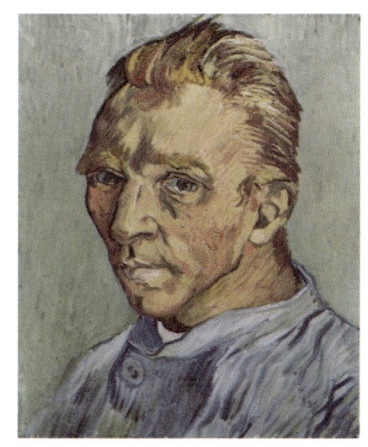

고흐의 '마지막 자화상'(1889년)

'뇌운(雷雲) 아래의 밀밭'(1890년)

  '울고 있는 노인' 그림은 초기 시절인 1882년에 석판화로 찍었던 것을 생
레미 요양 시 유화로 다시 그린 것이다. 이 그림은 고흐가 권총 자살하기
불과 며칠 전에 그려졌으며 얼굴을 두 손위에 묻고 흐느끼는 노인의 모습
을 그리고 있다. 절망과 슬픔이 물씬 느껴지는 그림의 분위기는 본인의 정
신적 한계 상황을 반영한 것으로 보여 측은한 느낌이 드는 그림이다.

  현재 생 레미 정신병원은 고흐의 발자취를 담은 박물관으로 이용되고
있다. 입구에 들어서면 바짝 마른 몸의 고흐 청동 조각상이 서 있고 내부
의 방에는 고흐가 입원해 있던 병실의 침대와 욕조 등이 그대로 재현돼
있다. 병원 주변의 산책로에는 사이프러스 나무와 벚나무, 들판과 집 등
고흐의 그림 속 풍경이 펼쳐지면서 고통과 불행의 사나이 고흐를 상상하
게 한다.

'아이리스'(1890년)

'울고 있는 노인'
(영원의 문에서, 1890년)

6) 오베르 쉬르 우아즈(Auvers-Sur-Oise) 시절(1890년 5월~7월)

생 레미의 정신병원에서 퇴원할 날이 가까워져 오자 동생 테오는 형이
지낼 만한 좋은 장소를 물색하기 시작했다. 당시 인상파 화가들의 스승이
라 불릴 정도로 잘 알려진 카미유 피사로(Camille Pissarro, 1830~1903)에
게 이 문제를 상의하자 피사로는 파리에서 북서쪽으로 27km 정도 떨어
진 작고 조용한 시골 마을인 오베르 쉬르 우아즈(Auvers-Sur-Oise)를 추
천했다. 파리에서 가깝고 밀밭과 자연 풍광이 좋은 시골 마을이라 이미
여러 유명한 화가들이 작업 장소로 선호했다. 또한, 화가들과 친분을 나
누던 의사 폴 가셰가 가까이 있었기 때문에 가셰 박사가 치료에도 도움이
될 것이라는 판단을 했다. 그리하여 1890년 5월 20일에 생 레미의 정신병
원을 퇴원한 고흐는 오베르로 오게 된다. 그리고 오베르주 라부(Auberge
Ravoux)라는 이름의 여관에서 생활하게 된다. 그러나 결국 오베르에 정

착한 지 2개월 조금 넘어 안타깝게도 스스로 생을 마감하고 말았다.

고흐가 그린 '오베르 쉬르 우아즈 성당'(1890년)과 실제 성당 모습

하지만 이 짧은 기간에도 고흐는 친구이자 아마추어 화가인 가셰 박사의 조언에 따라 열정적으로 작품 활동을 계속했고, 하루에 한 작품 이상을 완성하는 열정으로 무려 80여 점의 작품을 남긴다.

오베르 쉬르 우아즈에서 그린 '까마귀가 나는 밀밭'(1890년)

프로방스가 들려주는 여행 이야기

이 그림의 격렬한 화필이 그의 솟구치는 격한 감정을 연상시킨다. 마치 폭풍우가 몰아칠 듯 밀밭이 바람이 흔들리고 날아오르는 까마귀 떼들이 불길한 기운을 느끼게 한다. 싱싱하던 밀밭은 노랗게 변하여 생기를 잃었고 어두운 하늘과 맞닿아 스산한 느낌을 준다. 고흐는 일렁거리는 느낌을 주기 위해 물감을 두껍게 칠하는 소위 임파스토(Impasto) 기법을 사용하면서 그 위에 짧고 구불구불한 붓놀림으로 입체적 효과를 만들어 내었다.

오베르에서 그린 '가셰 박사의 초상'(1890년), '지누 부인'(1890년)

가셰 박사는 의사 시험에 합격한 후 여러 정신병원을 돌며 근무하다가 우울증에 관한 박사 논문을 쓴 후 파리에서 개인병원을 개업한 상태였다. 그는 실천적 사회주의자였다. 파리의 빈곤층 전문병원에서 무료 봉사를 했고, 예술가 카페에 종종 드나들면서 친분을 가졌는데 유명한 화가들인 폴 세잔, 마네, 르누아르, 피사로 등이 그의 환자였다고 한다. 이처럼 가세 박사는 예술가들과 가난한 자들에 대한 경험이 많은 의사였기에 고흐는 가세 박사와의 만남에 대해 마치 신의 섭리인 것처럼 기뻐했다고 한다. 하지만 가세 박사의 치료는 고흐에게 큰 도움이 되지 못한 것으로 보인다. 가세의 치료는 단순히 환자를 진정시키는 것이 고작이었고 그가 겪는 장애에 대해서도 단순한 설명만 늘어놓았다고 한다. 오히려 고흐는 가세에 대해 "근심으로 경직된 얼굴의 소유자로서 노이로제를 앓고 있고 나보다 더 아프거나 최소한 나와 비슷하게 아픈 사람으로 보인다."고 했을 정도다. 고흐는 가세 박사에 대한 호감과는 별개로 그의 치료법에 대해선 회의감을 가졌다고 하는데 이와는 상대적으로 가세 박사는 고흐의 그림을 높게 평가했다. 고흐는 1주일에 한 번씩 가세의 집을 방문했는데 여기에서 그를 모델로 한 마지막 작품인 '피아노 치는 가세'가 탄생하였다. 가세 박사 또한 답례차 고흐에게 찾아가 그의 그림들을 칭찬했다. 가세 박사가 자신에게 특별한 마음을 쓰고 있다고 여긴 고흐는 종종 가세에게 그림을 선물하곤 했다. 그는 가세 박사의 초상화를 두 점 그렸는데 그중 한 점이 1990년 5월, 크리스티즈(Christie's) 경매에서 무려 8,250만 달러(약 1,000억 원)에 일본의 사업가 사이토 료에이(齊藤了英)에게 팔리며 새로운 최고가 기록을 세웠다. 그 후 들렸던 황당한 이야기로는 그림을 산 일본 사업가가 "내가 죽고 나면 그림을 관에 넣고 같이 화장해 달라"는 말을 했다고 하는데 이 일로 국제적으로 비난을 받고 부랴부랴 농담이라고 변명했다는 우스개 같은 에피소드가 있었다고 한다. 가세 박사는 1909년에 사망했는데 그의 집은 오늘날 전시 공간으로 활용되고 있고, 그가 소장했던 고흐 작품 컬렉션은 현재의 가격으로 무려 10억 달러 이상 나갈 것이라는 평가를 받고 있다.

  아를의 여인 '지누 부인' 그림은 고흐가 자살하기 얼마 전 완성되었다. 작품은 화사한 봄꽃이 그려져 있는 벽지를 배경으로 흰옷을 입은 '지누 부인'을 그려냈다. 항상 어두운 옷차림의 지누 부인을 모델로 그렸던 그가 밝은색을 활용한 이유가 궁금하기도 하다. 고흐는 이 여인에게서 편안한 감정을 느낀 것으로 보인다. 이 그림은 당시 자신을 떠나 버린 고갱에게 우정의 표시로 선물했는데 1929년 미국 소아과 의사 해리 백원이 구입해 소장해 오다가 2006년 경매에서 4,033만 6천 달러(약 480억 원)에 팔렸다고 한다.

고흐의 마지막 작품인 '나무뿌리'(1890년)

  '나무뿌리'는 미완성된 추상화를 연상시키는 그림이다. 네덜란드 암스테르담 '반 고흐 미술관'에 소장되어 있다. 이 미술관은 조카 빈센트 부부가 소장하고 있던 큰아버지 고흐의 그림들을 고흐가 태어난 네덜란드에 기증함으로써 네덜란드 정부가 건립하였다. 총 700여 점이 넘는, 현재 세계 최대의 고흐 컬렉션을 자랑한다.

오베르 주 라부(Auberge Ravoux) 여관은 고흐가 생애 마지막 70일을 살았던 오베르 마을의 여관이다. 가세 박사가 호텔을 추천했는데 가격이 비싼 탓에 살지 못하고 하루 3.5 프랑에 1박 2식, 침대, 화장대 및 붙박이 수납장이 있는 크

그가 거처했던
오베르주 라부(Auberge Ravoux) 여관

기 7㎡, 약 2평 남짓의 3층 5번 방이었다. 창문이 천장을 향해 나 있는 다락방이었다. 그리고 여관 뒤편의 창고에 자신의 그림을 보관하기로 했다. 여관은 오베르 마을의 중심부인 시청의 맞은편에 있는데 고풍스러운 매력과 그가 살았던 특별한 인연으로 인해 지금은 반 고흐의 집(Maison de Van Gogh)으로 불리면서 박물관, 레스토랑으로 변하였고 세계인의 관광명소로 이 지역의 랜드마크가 되었다. 고흐는 여기에 머무르며 사망하기 전까지 80점이 넘는 그림과 64점의 스케치를 그렸다. 고흐가 살다가 마지막 숨을 거둔 5번 방은 복원되어 박물관으로 입장료를 내고 관람할 수 있게 되어 있다.

고흐는 오베르에 온 후 마을의 매력에 빠졌다. 동생 테오에게 보낸 편지에서 이 마을의 오래된 지붕과 색상을 칭찬하며 마을이 정말 아름답다고 전했다. 그는 그림 도구를 들고 먼 거리를 돌아다니면서 가능한 한 많은

그림을 그리는 등 당시만 해도 건강이 좋아 보였다.

그러나 새로운 환경에 대한 만족과 열정적인 활동에도 불구하고 1890년 7월 27일 고흐는 갑자기 삶에 대한 극단적 상실감을 느끼고 들판으로 나가 자신의 가슴을 향해 총을 쏘았다. 총알은 갈비뼈에 맞아 퉁겨져 그의 복부에 박혔고, 피를 흘리며 가까스로 걸어서 1.6km나 떨어진 집으로 돌아왔다. 라부 여관의 주인 딸인 아델린 라부(Adeline Ravoux)는 후일에 고흐가 숨질 때까지의 이틀을 다음과 같이 회상했다.

"일요일 해 질 무렵 우리 가족은 여관의 카페로 들어오는 고흐를 보았습니다. 그는 배를 잡고 구부정하게 걸었고 어깨를 바로 세우면서 복도를 건너 계단을 타고 침실로 올라갔습니다. 저는 이 장면을 목격했습니다. 그런 이상한 모습을 본 아버지가 일어나서 확인하려고 계단으로 올라갔는데 신음 소리가 들리는 것 같았습니다. 빨리 올라가서 보니 고흐가 침대 위에 무릎을 꿇고 구부정하게 누워있는 것을 발견했습니다. 턱을 괴고 큰소리로 신음을 하고 있었습니다. '무슨 일이냐?' 아버지가 물었습니다. '아프세요?' 고흐는 셔츠를 들어 올려 심장 부위의 작은 상처를 보여 주었고 아버지는 '불쌍한 영혼, 무슨 짓을 한 거야?'라고 소리쳤습니다. '나는 자살을 시도했습니다.'라고 고흐는 대답했습니다."

두 명의 의사가 와서 총알을 제거했다. 다음 날 아침 테오가 찾아왔을 때 고흐는 방에서 담배를 피우고 있었다고 한다. 당시 의식은 있었지만 고통스러워하다가 이틀 후인 7월 29일에 숨을 거두고 말았다. 너무 비참하게 맞이한 형의 죽음에 충격을 받은 테오도 불행하게도 정신병이 생겨 형이 죽은 지 7개월 후인 다음 해 1891년 2월 25일 서른넷의 젊은 나이로 형의 뒤를 따라갔다. 형처럼 직접 자살을 한 것은 아니었지만 형제는 삶의 비참한 경험을 한 동시대의 희생자가 되었다.

고흐가 사망한 후 고흐의 예술세계는 그제야 점차 알려지기 시작하였고, 그의 작품은 1916년 미국으로 이동하여 3년 동안 전시회가 열리며 홍보되었다. 뿐만 아니라 그의 편지가 책으로 출간되면서 명성은 높아졌고 1930년대부터 고흐는 전 세계적 인기를 가진 대중적인 화가로 자리를 잡았다. 동생 테오의 아들로 고흐 생전 아기였던 빈센트 반 고흐 주니어는 큰아빠가 준 꽃 그림을 평생 애지중지했다. 그리고 현재 수조 원의 가치가 나가는 물려받은 그림을 네덜란드 정부에 기증하여 1973년 '반 고흐 미술관'이 세워졌다. 이곳은 현재 세계인이 찾는 네덜란드의 대표 관광 명소가 되었다. 자신이 준 이름과 선물로 만들어진 미술관의 모습을 화가 고흐는 과연 상상이나 했을까. 그의 조카도 작품 기부를 통해 세계에 위대하고도 큰 봉사를 한 셈이다.

아델린 라부(Adeline Ravoux)는 고흐가 오베르 여관에 살 때 여관집 주인의 딸로 당시 나이 12세의 어린 소녀였다. 고흐의 사망 사건의 목격자인데 고흐는 아델린의 초상화를 세 점 그렸다. 고흐는 그 당시 활동했던 프랑스의 대표적 인상주의 선배 화가인 오귀스트 르누아르(Auguste Renoir, 1841~1919) 그림의 색채에서 영향을 받았는데 르누아르가 그린 '이레느 깡 단베르(Irene Cahen d'Anvers)' 초상화의 형태와 많이 닮게 그렸다.

라부의 초상(1890년 6월). 좌측 위부터 첫 번째, 두 번째, 세 번째 작품,
르누아르가 그린 '이레느(Irene) 초상'(1880년, 오른쪽 아래)

오베르 마을 공동묘지에 위치한 고흐와 동생 테오의 나란한 무덤.
그들이 좋아하던 해바라기가 피어 있다.

고흐가 사랑했던 동생 테오가 7개월 후 네덜란드에서 사망했는데 테오
의 아내는 형제가 같은 곳에 나란히 누워 편히 쉴 수 있도록 오베르 마을
공동묘지에 이들을 안장했다. 그리고 가셰 박사는 자신의 정원에서 기른
담쟁이덩굴로 두 형제의 묘를 이어 죽어서도 따뜻한 형제애를 기리게 하
였다.

Vincent
1853-1890

Théo
1857-1891

Anna Cornelia
1855-1930

Elizabeth
1859-1936

Guillaumette
1862-1941

Corneille
1867-1900

고흐의 3남, 3녀 형제, 자매들

프로방스가 들려주는 여행 이야기

아를(Arles)은 중세의 향기도 짙은 곳이지만 무엇보다도 고흐의 예술혼으로 가득한 곳이다. 어찌 보면 고흐의 그림자에 덮인 도시라고 해도 과언이 아니다. 고흐의 발자취가 서려 있는 이곳을 밟을 때마다 그의 애잔하고도 슬픈 삶이 떠오르는 것은 인간은 누구나 고흐가 가졌던 감정들을 공유하면서 살고 있기 때문일 것이다. 그에 대한 평가를 단지 그가 남긴 많은 작품의 수량으로만 평가할 때 그는 이 땅에 오로지 그림을 그리기 위해 온 사람처럼 전 생애를 열정과 집념으로 이어 간 사람이었다. 그리고 그런 일들이 가능하도록 뒷받침해 주었던 미술적 천재성을 타고난 화가였다.

고흐의 그림은 내용 면에서 20세기 미술 사조에서 고갱과 함께 표현주의(表現主義, Expressionismus)의 선구로 꼽힌다. 표현주의란 미술의 기본 목적을 자연의 재현으로 보는 것을 거부하고 미술의 진정한 목적이 감정과 감각의 직접적인 표현이라고 주장한다. 그러므로 그림의 선, 형태, 색채 등은 감정과 감각의 표현 가능성만을 위해 이용되어야 한다고 주장했다. 따라서 구성, 구도의 균형과 아름다움에 대한 전통적 개념은 감정을 더욱 강력하게 전달하기 위해서는 무시되는 편이 강하고 '왜곡(distortion)'을 주제나 내용을 강조하기 위한 중요한 수단으로 사용하였다. 물론 고흐 스스로도 인상주의 전통에 속해 있다고 생각했고 인상주의자의 밝은 색채를 받아들이기도 했지만, 그의 감성적, 상징적 특성은 색채를 단지 빛을 표현하는 것에만 한정하지 않고 자신이 그림의 대상에 대해 느낀 감정을 효과적으로 표현한다는 더 적극적인 목적을 수행하기 위한 수단으로 사용했다고 보인다. 그래서 그의 내부에 이글거리며 분출되는 감정과 격정들이 때로는 해바라기로, 때로는 요동치는 하늘과 별들로, 타오르는 듯한 나무들로 표현시켰다고 볼 수 있는 것이다.

프로방스가 들려주는 여행 이야기

리퍼블릭 광장의 오벨리스크 분수와 생 트로핌 성당

여전히 한적한 아를의 거리를 다니다 보면 도시가 크지 않아 자연스레 만나게 되는 곳이 시청 앞 리퍼블릭 광장의 오벨리스크 분수와 생 트로핌 (St. Trophime) 성당이다. 생 트로핌 성당은 아를의 대표하는 로마네스크 양식의 유서 깊은 성당이다. 입구의 갖가지 복잡한 대리석 조각들은 건축에 쏟아부은 정성이 얼마인지를 절로 연상케 한다. 5세기경부터 있었던 생 테티엔 성당 부지에 12세기 초에 재건축하여 첫 대주교인 생 트로핌의 무덤을 이곳으로 옮기면서 붙여진 이름이다.

아를의 중심인 포룸 광장(Place du Forum). 고흐의 그림 소재가 된
'밤의 카페 테라스'가 바로 옆에 있다. 광장을 지키는 동상은 '프레드릭 미스트랄
(Frederic Mistral, 1830~1914)'로 아비뇽에도 그의 업적을 기리는 동상이 세워져 있다.

아를의 저녁은 한국 식당이 없어서 원형경기장 인근의 베트남 식당에서 카레, 볶은 국수로 해결했다. 프랑스 음식이나 베트남 음식이나 내 나라 음식이 아닌 이상 식사는 약간 힘들 수밖에 없었는데, 개인적으로 느끼는 여행의 불편함이라고나 할까. 여하튼 오늘 아를의 산책은, 한 인간의 삶을 생각하니 마음은 무거웠지만 걸음은 경쾌하였다.

프로방스가 들려주는 여행 이야기

　여행 시즌인데도 이상하리만큼 조용하고 한적한 아를의 저녁, 사람들
은 모두 길거리 카페로 다 모여들고 밝은 불빛 아래 여름밤의 낭만을 즐
길 때 도시는 조용히 어둠 속에 잠이 든다. 여행객의 아쉬운 걸음으로 마
트에서 음료수와 과일 몇 개 사 들고 호텔로 돌아와 손에 잡힐 듯 바로 건
너편의 오래되고 낡은 지붕을 마주 보며 아를의 하루, 처음이자 마지막이
되는 밤을 보낸다.

7) 아를이 들려주는 네 명의 유명한 '아를의 여인' 이야기

첫 번째는 앞서 소개된 고흐의 그림 '아를의 여인' 초상화의 주인공인 '지누 부인'이다.

두 번째는 프랑스 작가 알퐁스 도데(Alphonse Daudet, 1840~1897)가 1872년에 쓴 단편 희곡 '아를의 연인 (L'Arlesienne)'이다. 소설 '별', '마지막 수업'으로 잘 알려져 있는 도데는 서정성 깊은 문체와 어려운 이들에 대한 연민의 감정, 특히 프로방스 지방에 대한 애정 어린 낭만적 소설로 유명하다. 그가 쓴 희곡 '아를의 여인'은 프로방스의 작은 마을, 이곳 아를에서 시작되었다.

알퐁스 도데(Alphonse Daudet)

부유한 지주농의 아들로 사랑 속에서 자란 청년 프레데리는 프랑스 남부 도시 아를의 투우장에서 어느 자유분방한 여인을 보고 단번에 사랑에 빠진다. 프레데리는 상당한 미남에다 차분한 성격, 훌륭한 인성으로 동네 처녀들의 흠모를 한 몸에 받는 청년이었다. 이런 프레데리가 그녀에게 반했으나 그녀에게는 이미 애인이 있다는 것을 알게 되어 절망한다. 그날 이후 프레데리는 심한 상사병을 앓는다. 그러나 보수적인 집안 어른들은 그 여인의 과거가 불순하다는 이유로 둘의 결혼에 반대한다. 더구나 목동 미티피오가 나타나 자신이 그 여인의 연인이라 주장하자 집안의 반발은 더욱 거세져만 갔다. 그러자 그는 "결혼할 수 없다면 죽어 버리겠다"라는 말로 부모를 협박했고, 결혼을 반대하던 부모들도 혹시나 프레데리가 나쁜 선택이라도 하면 어쩌나 걱정되어 어쩔 수 없이 결혼을 허락한다. 하지만 이내 그 여인의 복잡한 과거가 드러난다. 아들을 사랑하고 걱정하는 부모는 그와 결혼해도 괜찮다고 하지만 고민에 빠진 프레데리는 단념하겠다고 말한다. 그리고 자신을 사모하는 소꿉친구 비베트와 약혼한다. 이후 약혼녀 비베트와 어머니의 노력으로 프레데리의 상태가 많이 좋아진 듯 보였다. 결혼식 전날 밤에 프레데리의 집 뜰에서 축하 잔치가 벌어졌는데 잔치에 초대받아 온 아를의 여인이 홀린 듯이 춤추는 모습을 보게 된다. 마치 자신을 유혹하듯 춤에 빠진 프레데리의 마음속에는 거대한 불길이 일어나는 한편, 걷잡을 수 없는 절망을 쏟아 내리게 한다. 한 여자를 향한 뜨거운 사랑, 그리고 이루어질 수 없다는 절망감에 결국 프레데리는 곡물 창고로 달려가 높은 창문에서 뛰어내려 비극적인 결말을 맞게 된다.

이 희곡은 당시 연극으로 만들어져 상영되었는데 아쉽게도 별 인기를 끌지 못하고 21회로 종연되고 말았다. 당시 작곡가 비제는 이 연극에 들어가는 음악, 즉 부수음악(incidental music, 附隨音樂, 또는 부대음악) 27곡을 작곡하여 이 연극 '아를의 연인'에 수록했다.

셋째는 프랑스 작곡가 조르쥬 비제(Georges Bizet 1838~1875)가 작곡한 청아한 선율의 플루트곡 '아를의 여인(L'Arlesienne)'이다. 비제는 유명한 오페라 '카르멘(Carmen)'의 작곡가이다. 비제는 1872년 앞서 나온 알

퐁스 도데가 쓴 희곡 '아를의 여인'의
연극에 넣기 위해 부수음악으로 27곡
을 작곡했는데 이 중 4곡을 뽑아 관현
악곡으로 모음곡을 만들었다. 이것이
'아를의 여인 모음곡 1번'이다. 그 후 비
제 사후에 그의 친구인 파리 음악원 교
수 에르네스트 귀로(Ernest Guiraud,
1837~1892)가 27곡 중 다시 4곡을 편
곡하여 '아를의 여인 모음곡 2번'을 만

조르쥬 비제(Georges Bizet)

들었다. 우리가 많이 듣고 세상에 많이 알려져 있는 '아를의 여인' 플루트
곡은 '모음곡 2번(Bizet, L'Arlesienne Suite No. 2)'에 포함되어 있다. 2번
의 4곡 중에 3번째 곡인 '미뉴에트(Minuetto, Andantino quasi Allegretto)'
부분이다. 이 곡은 본래 27곡 가운데 처음부터 들어 있었던 곡이 아니고
비제의 오페라 '아름다운 페르트의 아가씨'에서 가져온 곡이다. '모음곡 2
번' 4곡의 연주 시간은 약 18분으로 이 시간 중 플루트 독주는 10분에서
약 14분까지에 해당된다. 오케스트라 사이에서 먼저 하프 연주자의 맑은
아르페지오(Arpegio) 선율이 나오면 곧이어 맑은 플루트의 솔로가 펼쳐
지기 시작한다. 청아하면서도 고독한 목동의 피리 소리처럼 잔잔하면서
도 애잔한 음색은 듣는 이로 하여금 매혹되게 만들지 않을 수 없다. 플루
트와 하프가 다정하게 연주하는 모습이 매우 아름다워 마치 천사가 하늘
에서 내려와 연주하는 천상의 음악 같은 기분이 들게도 한다. 이런 모습
에 매료되어 이 곡을 연주하기 위해 플루트를 배우게 되었다는 사람들도
많다고 한다. 일반적으로 미뉴에트 곡은 춤곡으로 당연히 신바람이 좀 나

는 곡이어야 한다고 말하는 사람도 있는데, 연극의 내용에서 남자 주인공 프레데리의 자살로 인하여 그 신바람이 상실되었다고 보아야 한다는 일리 있는 견해를 피력하는 사람도 있다. 비록 도데의 연극 '아를의 여인'은 흥행에서 실패했지만, 연극에 사용된 비제의 '아를의 여인' 음악곡들은 그후 큰 인기를 끌어 불후의 클래식 명곡으로 현대인들에게 많은 각광을 받고 있다.

한 가지 특이한 것은 '아를의 여인'을 소재로 한 미술과 음악에서 고흐와 비제는 결정적으로 닮은 점이 있다. 고흐와 비제는 모두 37세라는 젊은 나이에 사망했으며, 두 예술가 모두 생전에는 자신의 예술 세계에 대한 평가를 받지 못했으나 사후에 그 평가가 재조명되어 세계적인 예술가의 반열에 올랐다는 것이다. 비제의 일생일대의 걸작인 '카르멘'은 1875년에 작곡되었다. 이 오페라는 프랑스 작가 프로스페르 메리메가 쓴 소설 '카르멘'이 원작이고 당대의 인기 작가 뤼도비크 알레비와 앙리 메이야크가 공동으로 대본을 썼다. 사실 비제는 이 오페라에 큰 기대를 걸고 작곡을 위해 밤샘 작업을 하는 등 모든 역량을 쏟아부었다고 한다. 그러나 1875년 3월 3일 파리의 코미크 오페라 극장에서 막상 초연될 때, 관객의 반응은 별로였다고 한다. 심지어는 화를 내며 극장을 떠나는 관객들도 있었다고 한다. 초연 실패로 절망한 비제는 결국 석 달 만인 1875년 6월 3일 사망했다. 사인은 과로로 인한 심장사라고 말한다. 당시 음악계의 주류는 독일의 바그너 음악으로서, 유럽을 장악해 거의 모든 오페라 작곡가들이 바그너를 모방하던 시기였다. 그럼에도 불구하고 '비제'는 '카르멘'을 통해 자신만의 독자적인 스타일을 개척하고자 했다. 그도 스스로 말하기를 "모방은 바보들이나 하는 짓이다. 모방의 대상이 되는 작품이 대단할수록 그

모방은 우스꽝스러운 것이 된다."고 말했다. 자신도 바그너로부터의 해방을 스스로 대견해했고 그래서 새로운 길을 개척하였지만, 그 당시의 음악적 풍토를 뛰어넘을 수 없었기에 결국 실의에 빠질 수밖에 없었던 것으로 추측할 수 있다. 그리고 고흐처럼 사후가 되어서야 그의 예술적 탁월함을 인정받을 수 있었다. 이는 아이러니하게도 죽어야 성공하는, 시간이 지배하는 기구한 운명이라 아니할 수 없을 것이다.

네 번째 '아를의 여인'은 실존 인물, 잔 루이즈 칼망(Jeanne Louise Calment, 1875~1997)이다. 이 여인은 아를 태생의 슈퍼센티네리언(Supercentenarian)이다. 100세 이상 장수한 사람을 센티네리언(centenarian, 百歲人)이라 하고 110세 이상 장수한 사람을 슈퍼센티네리언이라 하는데 이 여인은 무려 122년 164일을 살아 현재 공식적으로 세계에서 가장 오래 산 인물로 기네스북에 등재된 인물이다. 그런데 이보다 더 오래 산 인물로 언론에 나오는 사람들이 있긴 하나 공식적으로 인정받은 것은 아니다. 그러므로 공식적인 최장수 기록은 '잔 루이즈 칼망'이다. 그는 에펠탑이 세워진 1889년보다 14년 앞선 1875년에 태어났는데 그녀의 가족들도 모두 장수했다고 한다.

그녀는 건강 상태가 매우 좋아 85세부터 펜싱을 시작했고, 110세까지 자전거를 탔다고 하며 더욱이 21세부터 시작한 흡연을 117세까지 지속했다고 하니 놀라운 일이다. 그녀는 아를의 상당히 부유한 가문에서 태어났기에 딱히 돈을 벌기 위해서 직업을 가진 적이 없으며 테니스, 사이클링, 수영, 롤러스케이트, 오페라 같은 고급 취미를 자주 즐겼다고 한다. 고령으로 인해 씹는 힘이 약해졌음에도 불구하고 식사로는 찐 비둘기 요리나 쇠고기 요리를 즐겨 먹었고 평소 초콜릿을 많이 먹었으며 식후에는 디저트까지 챙겨 먹었다고 한다. 그녀의 에피소드로는 생전에 아를에 살던 고흐를 직접 만나 본 적이 있다고 하는데 13세였던 1888년, 그녀가 가게에 캔버스를 사러 갔을 때 그곳에서 35세의 고흐를 만났는데 '고흐의 인상이 좋지 못하며 지저분한 옷차림에 불쾌한 모습'이었다고 어린 시절을 회상했다고 한다. '아를의 여인'으로 오랜 세월 건강하게 산 모습이 아름다울 뿐이다.

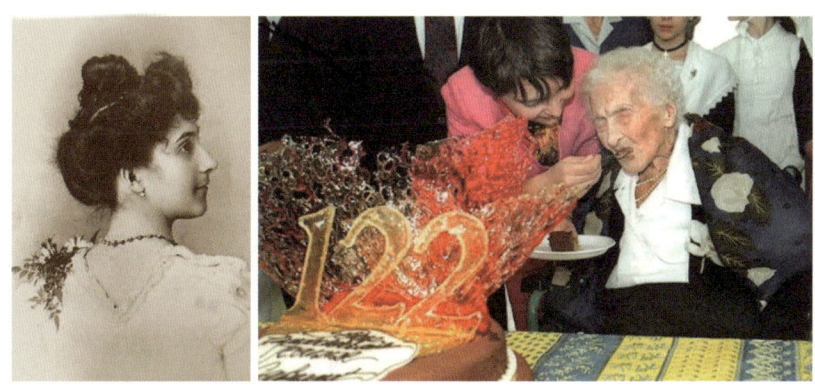

1895년 20세의 칼망의 모습과 1997년 122세 생일잔치 모습

다음 날 프로방스는 날씨를 뽐내기나 하려는 듯 하늘은 높았고 우리의 가을 하늘처럼 푸르고 화창했다. 그날 오전 일정은 아를에서 약 15km 떨어진 산간 마을인 '레보 드 프로방스(Les Baux de Provence)'를 둘러보고 엑상프로방스로 갈 계획이었다.

레보 드 프로방스 마을 전경(자료사진)

프로방스가 들려주는 여행 이야기

'레보 드 프로방스'는 '프로방스의 튀어나온 바위'라는 뜻이다. 프랑스 알프스의 시발점이라 할 수 있는 알 필 산맥(Alpilles) 줄기의 산꼭대기에 위치하는 작은 마을로 경이로운 풍경을 가지고 있다. 중세의 옛 모습을 고스란히 간직하여 프랑스의 '가장 아름다운 마을'로 등급이 매겨져 해마다 150만 명 이상의 방문객이 찾는 프로방스 여행의 인기 있는 명소 중 한 곳이다.

마을은 245m 높이의 바위 지대에 위치해 있다. 마을 전망대에 오르면 눈에 펼쳐지는 프로방스의 멋진 전망을 볼 수 있기에 '꼭 보아야 할 곳'으로 꼽힌다. 인구 400여 명 정도의 작은 마을인데도 문화유산은 매우 풍부하여 새로 복원된 중세 주택, 아름다운 르네상스 외관의 건축물, 미술관, 그리고 수 세기에 걸친 마을 생활과 역사를 설명하는 역사박물관 등이 볼거리다. 이곳에서 북쪽으로 5km 인근에 고흐가 아를을 떠나 요양했던 생 레미 드 프로방스가 있다.

마을은 고원 위의 요새로 방어가 가능하다는 전략적 위치 때문에 오래 전부터 사람들이 거주했고 그 사이 마을을 뺏기 위해 많은 외부의 침입이 있었으나 요새를 함락시키지는 못했다고 한다.

프로방스가 들려주는 여행 이야기

마을로 들어가는 길목과 마을 입구의 안내도

르네상스 저택들과 아기자기한 돌길은 왠지 편안함보다는 오랜 세월의 고단함과 힘들었던 표정들이 묻어 나온다. 이 높은 고원지대에 거대한 바위를 깎아 마을을 만들었으니 말이다.

프로방스가 들려주는 여행 이야기

마을에는 옛 석회석 채석장을 디지털 전시장으로 만들어
유명 화가의 그림을 전시하는 '빛의 채석장'이 있다.

프로방스가 들려주는 여행 이야기

마을 전망대에 오르면 펼쳐지는 프로방스의 평원

마을 입구와 오래된 공중 화장실

마을 입구에 언덕을 대충 깎아 만든 빈 공터가 바로 주차장이다. 주차 시설이라곤 없고 그냥 흙밭에 불과한데 요금은 비쌌고 카드로 자율 결제해야 한다. 여행 시 늘 느끼는 것이지만 유럽의 많은 나라가 여행객을 받으면서도 정작 주차장, 화장실 같은 외부인 편의 시설 투자에는 많이 인색하다는 느낌을 받는다.

생 레미 드 프로방스를 둘러보고 다시 출발하여 약 1시간 후 화가 폴 세잔(Paul Cezanne, 1839~1906)의 도시라고 불리는 아름다운 엑상프로방스에 도착했다.

프로방스가 들려주는 여행 이야기

제6장

폴 세잔(Paul Cezanne)의 영원한 고향 엑상프로방스(Aix-en-Provence)

도시의 자체 이름은 '엑스(Aix)'이다. '엑스'는 라틴어로 물(水)을 뜻하는데 '엑상프로방스'의 뜻은 '프로방스 지역에서 물이 많이 나오는 도시'라는 의미이다. 물의 도시답게 도시 곳곳, 오래된 골목골목 사이로 크고 작은 분수가 백여 개나 된다. 그래서 다양한 모습으로 맑은 물이 흘러내리는 아기자기한 분수를 찾아다니는 분수 여행도 유명한 엑상 여행의 즐거움 중 하나라고 한다.

하늘에서 본 엑상프로방스(자료사진)

　엑상프로방스는 인구 약 15만 명의 중소도시로 아비뇽, 아를과 함께 프로방스 관광의 삼각축, 즉 트라이앵글(triangle)을 이루는 핵심 도시이다. 아를이 고흐의 영혼이 깃든 도시라면 엑상은 빛과 색으로 20세기 근대 회화의 아버지로 불리는 폴 세잔을 낳은 도시다. 아를, 아비뇽보다 더 남쪽에 위치하여 지중해의 빤짝이는 햇살을 더 많이 받아서 그럴까, 앞의 두 도시가 주는 첫인상이 고풍의 엄숙과 역사의 무게감에 눌려 있다면 엑상은 밝고 자유분방하며 파스텔처럼 화려하다. 푸른 하늘 아래 햇살이 가득하고 그침이 없는 분수의 투명한 물과 꽃들, 살색, 노란색 집들이 미로처럼 이어진 골목들은 이 도시를 가장 '프로방스'다운 도시라고 해도 과언이 아니다.

　유럽의 도시는 낡고 둔탁한 지붕들이 불규칙하게 모여 있는 것에 불과한데 통일된 색상이 서로 잘 조화되어 고풍스러운 아름다움을 만들어낸다.

　　오전 햇살에 밝게 빛을 내는 파스텔 톤의 집과 골목들. 오래되면 퇴색되기 마련인데 낡은 느낌에 더 정감이 가는 이유가 무엇일까?

　　엑상에서 유일한 한국인 식당 '나야(NAYA)'. 젊은 여주인이 한국인이어서 낯선 이곳에서 말이 통한다는 것이 반가웠다. 식당 크기는 작았지만 배고픈 오후, 비빔밥 한 그릇을 먹을 수 있음에 감지덕지했다. 낯선 이곳

에 정착해서 살아가는 이들의 사연이 궁금하기도 했다.

엑상의 중심 도로이면서 여행의 중심인 미라보(Mirabeau) 거리

프로방스가 들려주는 여행 이야기

'미라보'는 프로방스어로 '보다'라는 뜻의 'mirar'와 '아름답다'라는 뜻의 'beu'에서 유래한 이름으로 '아름다운 풍경'을 의미한다. 그러나 한편으로는 18세기 프랑스 대혁명기에 작가로, 연설가로 혁명에 앞장섰던 '미라보(Mirabeau)'를 의미한다는 주장도 있다. 파리(Paris)의 세느강에도 유명한 미라보 다리가 있다.

미라보 거리는 엑상에서 가장 큰 분수인 로통드(Rotonde) 분수가 있는 드골 광장에서 시작하는 길이 440m의 시내 중심 도로를 말한다. 플라타너스 가로수가 울창하게 그늘을 만들고 있는 이 도로는 1650년대에 마차가 다니던 길을 그대로 보존한 유서 깊은 도로이다.

프로방스가 들려주는 여행 이야기

도시의 대로 좌우는 과거 프로방스 귀족들이 살았던 고급스럽고 우아한 주거지로서 유물과도 같은 많은 중세풍 저택이 들어서 있어 엑상 역사의 위상을 높여 주고 있다. 또 화려한 카페와 레스토랑이 줄지어 있어 늘 여행객들로 붐비고 즐거움이 넘쳐나는 곳이다.

엑상의 중심인 라 로통드 분수(Fontaine de la Rotonde)

웅장한 건물의 기둥이나 조각, 담장의 조형물 등이 과거 한 시절을 호령했던 영화를 느끼게 해 준다. 이제는 비록 세월의 흐름에 따라 말없이 퇴색되어 가기는 하지만 그래도 지금을 살아가는 사람들에게 볼거리, 이야깃거리, 많은 생각거리의 소재가 된다.

'로통드'는 원형의 홀을 말한다. 1860년에 세워졌으니 무려 160년이 넘게 지났다. 분수 주위는 시민들이 물줄기를 바라보며 쉴 수 있도록 만들어져 있다. 분수의 꼭대기에는 세 여신의 조각상이 서로 합쳐져 있는데 각각 아비뇽과 아를, 남쪽의 마르세유를 바라보고 있다.

미라보 거리 한쪽 끝에 위치한 르네(Rene) 왕의 분수 동상. 그는 15세기 프로방스의 백작으로 나폴리 왕국의 국왕이었다. 그가 들고 있는 것은 자신이 프로방스에 들여온 머스캣 포도이다.

여행객이 모이는 곳엔
으레 자리 잡는 회전목마

길거리의 간이 화장실

마치 교통안내소 같다. 멋도 없는 작은 화장실을 대로 가운데 둔 것도 우스운 일이다. 물론 유료이다.

엑상을 장식하는 화려하고 아기자기한 분수들은 한 개 한 개가 잘 조각된 예술품이다. 분수의 기능보다도 멋의 가치를 우선시하는 분수 제작자들의 예술 정신이 들어 있다. 이는 공동체의 문화적 품격도 상승시킨다.

프로방스가 들려주는 여행 이야기

시내에 차량 주차 시 반드시 만나는 주차요금 계산기다.
무료 주차는 없어 보인다. 동전, 카드로 결제하는데 결제 시 우리와 다른 점은
우리는 입력하지 않는 카드 비밀번호를 4자리를 반드시 입력해야 한다.

폴 세잔(Paul Cezanne, 1839~1906)은 엑상프로방스가 낳은 미술계의
거장이다. 현대미술의 아버지라고 불린다. 19세기 후기 인상주의를 대표
하는 그의 작품과 미술적 개념은 20세기 입체파의 발전에 큰 영향을 미쳤
다. 입체파 화가의 대표인 '피카소(Pablo Picasso, 1881~1973)'는 그를 가
리켜 "나의 유일한 스승, 폴 세잔은 우리 모두에게 있어 아버지와 같은 존
재였다"라고 말했다.

세잔은 부유한 은행가의 아들로 태어나 부모의 뜻에 따라 엑상의 대학
에서 법학 공부를 시작했지만 포기하고 미술 공부를 시작했다. 고향을 떠
나 그림을 배우기 위해 파리로 갔다가 다시 고향으로 돌아오고 다시 마음

을 다잡고 파리로 가서 그림을 공부하는 등, 젊은 시절 갈등이 많았다. 그의 현실 세계는 젊은이로서 걸을 수밖에 없었던 방황의 시기였음을 알 수 있다.

시내 중심지인 로통드 분수 옆에 세워진 폴 세잔의 청동상

그는 열 살 되던 해에 고향의 성 요셉 학교에 입학하여 6년간 공부했는데 여기서 자신보다 한 살 아래로서 장차 프랑스 문호로 불리게 될 '에밀 졸라(Emile Zola, 1840~1902)'를 만나게 된다. 둘은 이때부터 평생 친구로, 인생의 상호 조력자로서 협력하게 된다.

세잔은 어린 시절부터 그림에 흥미가 있었다. 그러나 아버지의 강한 권유에 못 이겨 결국 아버지의 은행에서 일을 하게 된다. 그러나 이때 파리로 이사를 하게 된 친구 졸라의 권유와, 그림을 그리고자 하는 자신의 욕

프로방스가 들려주는 여행 이야기

망을 알고 있는 어머니에 의해 아버지에 대한 설득이 통하여 22세 때인 1861년 고향을 떠나 그림 공부를 위해 파리로 가게 된다. 그는 파리에 6개월간 머물면서 유서 깊은 미술학교인 에콜 드 보자르(École des Beaux-Arts)에 입학하기 위해 지원했으나 시험에 떨어졌고, 자신의 계획대로 일이 진행되지 못하자 심한 우울증과 자괴감에 빠져 자신의 그림들을 부숴버리곤 했다. 그리고 다시 고향 엑상프로방스로 돌아왔다가 시간이 지난 후 재차 마음을 추슬러 화가로서 성공할 것을 다짐하며 1862년에 다시 파리로 향했다. 그리고 독학하며 피사로, 모네, 드가, 르누아르 등 인상파 화가들과 교류하였다. 그러나 그동안에도 프랑스와 프로이센의 전쟁, 도시 생활의 싫증 등을 이유로 여러 번 시골에 내려가 있기도 하였다.

세잔의 '자화상'(1875년), '빨간 조끼를 입은 소년'(1888~1890년)

그는 파리에서 자신에게 큰 영향을 끼친 인상파 화가 카미유 피사로

(Camille Pissarro, 1830~1903)를 만나게 되는데, 처음에는 스승의 관계로 많은 도움을 받게 되었으나 10년 넘게 함께 풍경화를 그리면서 둘의 관계는 합작을 할 만큼 평등한 관계로 발전하였다. 1870년경, 그의 30대 초기 그림은 어둡고 격정적이며 환상적인 분위기를 주었으나 피사로의 빛 묘사에 자극을 받은 후 화면이 급속히 밝고 단순화되어 갔다.

일류 화가에 대한 그의 욕망에도 불구하고 그의 작품들은 당시 화가로서의 입지를 다질 수 있는 통로인 '파리 살롱전'에서 번번이 거절당했다. 그래서 또다시 우울증에 빠지기도 했지만 스스로 견뎌 내며 작품 활동을 이어 나갔다. 비록 무명의 화가로 살아가는 세월이 오래되었지만 시간이 흐르면서 그의 그림 세계는 차근차근 나름대로 예술의 독자적인 세계를 구축해 나가기 시작했다.

그의 화법은 실제 눈에 보이는 것에 가장 가깝게 표현할 수 있는 화법을 찾아 가장 실감적으로 표현하려고 노력했다. 이를 위해 그는 구조적으로 간단한 형태와 간단한 색채를 사용하였다. '자연의 모든 형태는 원기둥과 구, 원뿔에서 비롯된다'라는 견해를 자신의 화법으로 밝힐 만큼 자연을 단순화된 기본적인 형체로 집약했다. 그리고 색채와 붓 터치로 입체감과 원근법을 나타내는 새로운 기법으로 회화의 또 다른 가능성을 보여 주는 수준에 이르렀다. 그는 물체의 근본적인 모습, 즉 자연이 숨기고 있는 보다 내부의 모습을 파악하고 정확히 묘사하기 위해 그림의 대상인 사과가 썩을 때까지 그렸다는 일화도 있다. 그러나 그의 이런 재능과 독특한 화풍은 예술의 도시 파리에서는 당시 인정을 받기 어려웠고 비로소 그의 진면목이 조금씩 알려지기 시작한 때는 파리를 떠나 고향 프로방스에 정착하면서부터였다. 그리고 그의 작품이 드디어 처음 파리의 살롱전에 통과된 것은 파리 생활 20년 후인 1882년이었다.

　그때까지만 해도 그 당시 유행했던 인상주의 화풍에 대해 "그림에 본질은 없고 오직 인상만 있다"라는 비하의 말이 유행했다. '인상주의(impressionism)' 라는 용어 자체가 시작될 때도 그 속에는 경멸의 감정이 들어 있었다. 하지만 이런 비아냥의 대상이 된 용어가 19세기 후반 서양 미술계를 점령한 '인상주의'라는 새로운 미술 사조의 이름으로 탄생된 것은 그 당시 세잔과 고흐 등, 인상주의 화가에게 있어 아이러니한 반전이 아닐 수 없다.

'사과 바구니'(1893년)

'사과와 오렌지'(1899년)

세잔은 대기만성(大器晚成)형 화가이다. 그의 초기 시절의 세상은 이런 젊은 예술가들의 도전적인 작품을 받아들일 준비가 되어 있지 않았다. 당시의 주류 미술계는 새로운 화풍의 화가들을 비판했고 자신들의 영역을 고수하기 바빴다. 특히 세잔을 겨냥해서는 저주에 가까운 말을 퍼부었다. 어둡고 우울한 색조로 그림을 그렸다고 정신병자 취급까지 받았다. 시간이 흐르면서 그의 동료 화가들은 하나둘 인정을 받고 주류 미술계로 입성했지만, 세잔만 그대로였고 꿈을 안고 파리에 온 이후로 20년 동안 세잔이 얻은 건 상처와 조롱뿐이었다. 결국, 1880년대 초, 40대의 세잔은 파리 생활을 청산하고 고향인 엑상프로방스로 쓸쓸히 돌아왔다. 후일에 생각해 보면 그의 낙향은 위대한 미래를 위한 고통스러운 은둔의 시간의 시작

프로방스가 들려주는 여행 이야기

이었다. 현대미술의 아버지라 불리는 세잔이었지만 그의 생애 마지막 10
년을 제외한 50대 중반까지 조롱만 당한 화가였다고 해도 과언이 아니었
기 때문이다.

'에스타크'(L'Estaque, 1888년)

'에스타크'는 마르세유에서 멀지 않은 남부 해안의 작은 마을이다. 이
그림은 전형적인 세잔 그림 양식을 대표하는 첫 번째 걸작으로, 웅장하고
고요한 수평선들로 이루어진 이 그림에서 고르게 깎아지른 듯한 붓놀림
은 깨끗하고 선명한 효과를 자아내고 있다.

1895년, 당시 세잔의 나이는 56세였다. 그 시기 파리에서 가장 영향력

큰 미술상이었던 '볼라르'는 프로방스 시골에 틀어박혀 묘한 그림을 그리는 무명 화가가 있다는 소식을 들었다. 볼라르는 세잔의 그림을 직접 보자마자 전시회를 기획했는데 이는 세잔에게 있어 생애 첫 개인전이었다. 이후 화가들 사이에서 세잔의 이름은 소리 없이 퍼져 나갔고 그의 작품이 인정받기 시작했으며 마침내 '현대 화가들의 아버지'로 불리게 될 정도에 이르렀다. 젊은 화가들은 세잔의 그림을 보며 시대를 초월한 해방감을 느꼈다. 르네상스 이후 수백 년 동안 유럽의 그림을 지배한 규칙들이 허물어졌음을 보았고 여러 방향에서 대상을 관찰하고 묘사하던 세잔의 그림은 그의 뒤를 잇는 20세기 대가들을 낳게 되었다. 인간의 형태를 이해하기 어려우리만큼 조각낸 후 캔버스 위에서 재창조한 피카소의 '입체파'가 이렇게 탄생했고 풍부한 색채를 활용한 세잔의 그림에서 영감을 얻은 마티스는 색채 그 자체를 주인공으로 삼는 '야수파'를 창시했다. 나아가 기본적인 도형 형태로 세상을 재편한 세잔의 그림은 몬드리안, 칸딘스키와 같은 추상화의 거장들을 만들어 냈다. 실로 20세기 전반의 세계사적 격동기 속에서 미술계 역시 격동의 시기를 거치면서 인간의 다양하고도 복잡한 예술적 정서를 지향하는 현대미술을 만들어 내는 데 세잔의 정신이 그 밑거름으로 제공되었다고 볼 수 있다.

말년의 화가 세잔이 고향에서 집착한 주제는 바로 그가 어린 시절부터 자주 찾았던 엑상의 동쪽 인근에 있는 '생트 빅투아르산(La Montagne Sainte-Victoire)'이었다. 이 산은 세잔이 어릴 적에 친구 에밀 졸라와 함께 계곡에서 수영하며 즐겁게 놀던 고향의 산이다. 그는 이 산을 주제로 1870년대부터 말년까지 회화 36점, 수채화 45점을 그린 것으로 알려져 있

'목욕하는 사람들'. 이 그림은 세잔이 1898년부터 1905년까지
연작으로 그린 6점의 작품 중 하나로 피카소의 대표작

'아비뇽의 처녀들'(1907년)에 영감을 준 그림이다.

다. 그는 파리에서 무명의 외로움들로 위축되고 달랠 수 없었던 일렁이는 마음들을 변함없는 고향의 산으로 그려냈는지도 모른다. 그리고 뒤늦게 얻은 명성은 그에게 영화를 누릴 수 있는 기회였지만 그는 계속 은둔자로 살았고 눈을 감기 직전까지 조용히 그림만 그렸다.

'생트 빅투아르 산'(1888~1890년)과 실제 모습

미국의 폴 앨런(Paul Allen)은 빌 게이츠(Bill Gates)와 함께 1975년 마이크로소프트(MS)를 공동으로 창업한 인물이다. 앨런이 2018년 세상을 떠나면서 수집하여 소장하고 있던 예술품 150여 점이 2022년 11월, 폴 앨런 컬렉션이란 이름으로 크리스티 경매업체에 의해 공개되었다. 평가액만 무려 10억 달러(약 1조 3000억 원)에 이르렀고 개인 소장품 경매 사상 최대 규모였다. 경매에는 총 27명 예술가들의 작품이 최고 가격의 기록을 경신했는데 이때 세잔의 '생트 빅투아르산'이 1억 3,700만 달러(한화 약 1836억 원)에 낙찰되었다. 앨런은 평소 '대중들에게 예술 작품을 볼 수 있는 기회를 줘야 한다'고 말했으며 자신의 작품들을 박물관과 미술관에 대여해 주기도 하였다. 그의 이런 뜻에 따라 경매의 수익금 전액이 자선사

프로방스가 들려주는 여행 이야기

업에 기부되었다. 작품의 예술적 감동에 버금가는 인간애의 감동이기도
하다.

'카드놀이 하는 사람들'(1892~1893년)

이 그림은 세잔이 파리 생활을 접고 고향인 엑상프로방스로 쓸쓸히 돌
아간 뒤에 그려졌다. 그는 엑상프로방스에서 "나는 여기에서 태어났고 여
기에서 죽을 것이다"라며 소박한 이웃들을 그렸다고 한다. 이 그림은 그
의 시골 이웃들에 대한 따뜻한 감정을 잘 보여 준다. 당시 카드놀이는 유
럽의 농민들이 힘든 하루 일을 마치고 나서 으레 접하는 흔한 오락이었
다. 그래서 17세기부터 서양 미술의 단골 소재였기도 했다. 세잔은 이 그

림에서 농민들의 투박하고 순수한 모습, 카드놀이에 집중한 자세에서 삶의 무게와 힘겨움이 자연스럽게 배어 나오도록 했다.

세잔의 '카드놀이 하는 사람들'은 미술품 거래 역사상 가장 비싼 그림으로 통한다. 2014년 기준으로 세상에서 가장 비싼 그림 1위부터 100위까지가 발표된 적이 있는데 1위는 폴 세잔의 '카드놀이 하는 사람들'이었고 2위는 파블로 피카소의 '꿈'이었다. '카드놀이 하는 사람들'은 2012년 2억 5,000만 달러(한화 약 2,800억 원)에 팔려 화제가 되었다. 그림의 구매자는 중동의 부국 카타르(Qatar)의 왕족으로 카타르가 2000년대 들어 세계 미술 시장의 새로운 중심지로 떠올랐는데 2014년 재개관하는 카타르 국립미술관에 전시하기 위해 구매했다는 이야기가 있다.

어린 시절 세잔은 학교에서 이탈리아 이민자 출신으로 찢어지게 가난하고 병약하며 남루한 옷차림에 말까지 더듬어서 친구들에게 괴롭힘을 당하기 일쑤였던 어느 친구를 늘 감싸주고 힘이 되어 주었다. 그가 곧 훗날의 소설가 에밀 졸라였다. 그때 졸라가 고마움의 선물로 세잔에게 사과를 주었는데 훗날 세잔이 사과 정물화를 많이 그린 것은 사과에 대한 어린 시절의 추억이 담겨 있기 때문이라고 한다. 그렇게 두 친구는 어린 시절을 함께 보냈고 파리로 먼저 떠난 졸라의 권유로 세잔도 파리에서 예술가의 큰 꿈을 키웠다. 그들은 30여 년간 편지를 교환하며 우정을 키웠고 세잔은 그림으로, 졸라는 문학으로 각자의 영역에서 걸출한 자리매김을 하였다.

'폴 세잔'　　　　　　　　　　친구 '에밀 졸라'(Fmile Zola, 1840· 1902)

　　에밀 졸라는 19세기 프랑스를 대표하는 자연주의, 자유 사상 소설가
로 극작가, 시인, 비평가, 저널리스트 등 다양한 직함으로 불리는 대문호
다. 이런 그가 정치적 소용돌이에 휘말린 사건이 발생하는데 바로 '알프레
드 드레퓌스(Alfred Dreyfus, 1859~1935)' 사건이다. 이 사건은 유대인인
드레퓌스가 프랑스 육군의 대위로 근무하던 중, 1894년 독일에 군사 기
밀 서류를 팔아넘겼다는 간첩 혐의로 체포되어 종신형을 받은 사건이다.
그러나 이 사건의 진실은 감추어진 채 정치적 목적으로 드레퓌스에게 간
첩 누명을 씌웠다는 의구심이 강했다. 결국, 이 사건의 재심 여부를 둘러
싸고 국내적으로 심각한 정치, 사회적 이슈로 전도되어 상호 반대되는 두
세력이 만들어졌다. 하나는 드레퓌스를 옹호하는 인도주의, 자유주의, 공
화주의적인 정치가, 지식 계급이 합세한 세력과 다른 한 세력은 군국주의,
국수주의, 반유대주의, 국가주의, 가톨릭교회 등의 보수 세력이 합세하는
세력이었다. 결국 이 문제는 국가 정체성과 여론이 분열되는 혼란스러운

사건으로 비화하였다. 졸라는 이 간첩 사건을 군국주의자들의 정치적 목적 달성을 위하여 조작된 사건으로 보았고 드레퓌스 구명을 위해 행동하는 양심으로 무죄를 주장하는 글을 써서 발표하게 되었는데 이것이 오늘날 유명한 '나는 고발한다!(J'Accuse!)'이다.

졸라는 1898년 1월 11일, 분노에 찬 심정으로 격문 '나는 고발한다!'를 작성하기 시작했다. 프랑스 군부는 드레퓌스를 무죄라고 인정하는 것 자체를 자신들의 실수한 것을 드러내는 것이라고 생각하였다. 그래서 이 사건에서 진짜 간첩임이 드러난 에스테라지 소령을 무죄로 석방하고 게다가 드레퓌스는 간첩이 아니라고 주장하며 물증까지 내놓았던 피카르 중령을 감옥에 투옥시킨 것이다. 격분한 졸라는 '나는 고발한다!'를 1월 13일 당시 프랑스 최대의 일간지 '로로르(L'Aurore)'지에 발표하였다. 처음에는 '대통령에게 보내는 편지'란 제목으로 발표할 예정이었으나 '로로르'지의 편집장 클레망소가 '나는 고발한다!'로 바꿀 것을 권했다. 그리하여 1면에 '나는 고발한다!'를 실은 신문은 몇 시간 만에 30만 부가 팔려 나갔고 많은 예술가, 과학자, 교수들이 드레퓌스 사건 재심 청원서에 서명했다. 드레퓌스 재심 운동이 활화산처럼 타오르기 시작한 것이다.

"대통령 각하, 저는 진실을 말하겠습니다. 왜냐하면, 정식으로 재판을 담당한 사법부가 만천하에 진실을 밝히지 않는다면 제가 진실을 밝히겠다고 약속했기 때문입니다. 제 의무는 말을 하는 겁니다. 저는 역사의 공범자가 되고 싶지 않습니다. 만일 제가 공범자가 된다면 앞으로 제가 보낼 밤들은 유령이 가득한 밤이 될 겁니다."

이로써 졸라는 행동하는 지식인의 상징과도 같은 인물이 되었지만, 드

프로방스가 들려주는 여행 이야기

레퓌스는 재심 후 또다시 유죄 판결을 받았고 그 후 대통령 특사로 풀려 났다가 비로소 1906년에야 무죄가 확인되어 복권되었다. 이 사건으로 프랑스의 정치는 민주적 방향으로 재편성되고 사상과 문학면에서도 많은 영향을 받지 않을 수 없었다.

졸라 역시 '나는 고발한다!'를 발표한 뒤 엄청난 고난 속으로 밀려 들어 갔다. 이 글은 당시 유대인에 대한 반감이 상당히 퍼져있던 프랑스 사회를 충격 속으로 몰아넣었다. 이런 대중들의 심리를 반영한 듯 프랑스 의회는 서둘러 졸라를 기소하였고 1898년 베르사유 중죄재판소는 졸라에게 징역 1년에 벌금 3천 프랑을 선고하고 말았다. 그 후 졸라는 영국 런던으로 망명을 떠났고 프랑스 정부는 그가 받은 최고의 레지옹 도뇌르 훈장 자격도 박탈했다. 이후 1899년 졸라는 영국에서 돌아왔으나 불과 3년 뒤인 1902년 가스 중독 사고로 사망했다. 공식적으로 발표된 사인은 난로를 열고 자는 바람에 불완전 연소된 석탄에서 발생한 일산화탄소 중독이지만 나중에는 누군가의 지시를 받은 굴뚝 청소부가 굴뚝을 막아 고의로 가스 중독을 일으켜 사망에 이르렀다는 것이 밝혀졌다. 그는 죽기 전까지 드레퓌스 사건을 소재로 한 소설 '진실'을 쓰고 있었는데 끝내지 못한 상태로 생을 마감했다. 그러나 그는 지금도 여전히 프랑스의 지성과 양심의 상징적인 인물로 사람들의 뇌리에 남아 있다고 할 수 있다.

이렇듯 세잔과 졸라는 각기 다른 영역에서 활동했지만, 그들을 좋은 친구로 묶어 놓을 수 있었던 것은 어릴 적 같이 뛰놀았던 엑상프로방스의 품이 있었기 때문이었다. 그러나 항간에 회자되는 아쉬운 이야기는 그들의 30년 우정에 금이 가게 만든 에피소드가 있다는 것이다. 물론 이 에피소드가 사실 그대로인지 아니면 호사가들에 의해 과장된 것인지는 확인할 수가 없다.

유명한 소설가로 명성을 얻고 있던 졸라는 1871년부터 집필하기 시작한 20편의 각각의 소설을 묶은 '루공 마카르 총서(Les Rougon-Macquart)'를 출판하여 성공을 거두었다. 그 덕에 졸라는 고액의 원고료를 받아 경제적으로 매우 풍족해졌다. 당시 대문호 빅토르 위고(Victor Hugo, 1802~1885)보다도 더 높은 원고료를 받았다고 한다. 이 중 1886년에 출간된 열네 번째 소설 '작품(L'oeuvre)'이 문제가 되었다. 소설 속에 등장하는 주인공인 '클로드 랑티에'는 늘 불안해하고 자신이 없으며 실패한 화가로 급기야 자살하고 만다. '클로드 랑티에'는 졸라가 알고 있던 많은 화가의 특성을 섞어 놓은 인물로 여겨졌지만, 세잔은 이 주인공이 자신을 풍자한 인물이라고 생각했다. 작품 속에 등장하는 화가의 상황이 자신과 비슷했고 다른 등장인물들 또한 졸라를 비롯한 실제 인물들과 유사했기에 세잔은 큰 충격을 받았다. 졸라가 보내 준 소설을 읽은 세잔은 1886년 4월 그에게 "이렇게 훌륭히 추억을 담아주어 감사하다"라는 내용의 편지를 보내면서 30여 년의 우정에 결별을 선언하고 다시는 그와 만나지 않았다고 한다. 그러나 1902년 세잔은 졸라가 죽었다는 소식을 들었을 때 크게 슬퍼했다고 한다. 이로부터 100년의 세월이 더 지난 후인 2016년, 두 사람의 우정과 갈등을 그린 '나의 위대한 친구, 세잔(Cezanne et moi, Cezanne and I)'이라는 제목의 영화가 만들어졌다.

1906년 10월 어느 날, 67살 화가 폴 세잔은 그날도 늘 그랬듯 야외에서 그림을 그리고 있었다. 그런데 갑자기 폭풍이 몰아쳤고 세잔은 급히 짐을 챙겨 집으로 가는데 나이 든 화가가 여러 그림 도구를 들고 가기에 비바람은 너무 거셌다. 결국, 세잔은 길에서 쓰러졌고 몇 시간이 지나 쓰러진 그를 세탁소 주인이 발견해 마차에 싣고 집으로 데려다주었다. 세잔을 진찰한 의사는 감기에 걸렸을 뿐 별다른 문제가 없다고 그를 안심시켰다. 다음날 세잔은 평소처럼 일찍 일어나 초상화를 그렸는데 그날 밤 다시 심하게 앓게 되었고 이후 침대에서 일어나지 못하고 일주일 뒤 결국 세잔의 그림 인생은 막을 내리게 되었다.

미술계는 세잔을 어떻게 평가하고 있을까?

고전 미술이나 현대미술이나 미술의 세계는 뛰어난 천재들이 우글거리는 동네다. 고흐나 로댕처럼 넘쳐흐르는 예술혼으로 격정에 가득 찬 인생 스토리를 남긴 미술가도 많다. 그들과 비교했을 때 세잔은 번쩍이는 천재는 아니었다. 오랜 시간을 은둔자로 살았던 미술의 삶 역시 평탄하다. 하지만 세잔은 누구라도 포기했을 법한 무명의 시련 속에서도 꿈을 꺾지 않았고 실패한 인생이라는 낙인에 스스로 포기하지 않고 조금씩 발전했다. 그는 화려한 파리에서 발견하지 못한 예술의 혁신적 시각을 평화로운 엑상프로방스에서 발견했다. 그가 그린 사과처럼 자신의 삶을 상, 하, 좌, 우에서 바라보며 그 속의 본질을 추구했다. 그리고 수십 년을 실패한 미술가로 살았지만 결국 역전에 성공했다. 그 후 수많은 화가들에게 영감을 불어 넣어 미술 역사의 한 페이지를 장식했다. 무너지지 않고 버티고 또 버틸 때 결국은 결실에 이를 수 있다는 삶의 원칙을 스스로에게 적용한 것이다. 그리고 그의 가장 큰 미술적 재능은 '인내'라는 인간의 가장 가치 있는 품성에 의한 것으로 보여진다.

　액상프로방스는 빛과 색을 사랑한 화가 폴 세잔을 낳을 수밖에 없었던 필연적 운명이 느껴진다. 따뜻한 물이 흐르는 분수와 꽃과 햇살이 가득한 이 도시는 '프로방스' 하면 떠오르는 많은 수식어들을 모두 갖고 있기 때문이다. 거리의 보도블록 위에 새겨진 'C'라는 이니셜은 세잔을 상징하는데 금빛으로 표시된 '세잔의 길'을 따라 걷다 보면 길거리 상가들과 상쾌한 햇살들이 반사되는 고풍스러운 집들, 분수와 각종 조형물 모두가 세잔의 작품인 양 예술적으로 보이기도 한다.

　　　　　　　　　　　프로방스가 들려주는 여행 이야기

밤이 내려앉은 시간, 주택가는 고요한 정적이 흐르는 반면 길거리나 분수 광장 주변의 아기자기한 카페에는 어디서 몰려왔는지 수많은 인파가 모여 한여름 밤을 즐기고 있다. 알아들을 수 없지만 끊임없는 대화와 웃음 속에 정감이 넘쳐나고 테이블을 사이에 두고 서로를 통하게 하는 맥주나 와인들로 인해 모두의 기분이 유쾌해지고 들뜨게 되는 것 같다. 우리의 모습과는 확연히 다른 이방의 저녁 문화를 실감하면서 우리 사회도 이런 자유분방하고 친밀감 넘치는 낭만적인 밤 문화가 많이 전파되었으면 좋겠다는 생각이 든다.

17세기 전에 건축된 집들에서 종종 발견되는 성모 마리아 조각상은 단순한 장식품이 아니다. 중세 유럽에 창궐했던 흑사병을 막아 달라는 간절한 염원이 들어있다. 사람들은 건물 외벽에 설치된 조각상을 보며 간절히 기도했다고 한다.

제7장

프로방스의 향기, 라벤더(lavender) 마을 발랑솔(Valensole)

엑상프로방스의 맑고 푸른 아침을 가르며 북동 방향으로 1시간 정도 운전 후 도착한 발랑솔(Valensole). 차의 네비에서 도착지라고 가르쳐 준 이곳은 넓은 평원에 무수하게 긴 밭이랑을 따라 보라색 꽃이 파도처럼 일렁이는 라벤더 평원이다. 우리나라에서는 익숙하지 않은 식물이지만 프로방스 하면 가장 먼저 소개되는 곳이기에 사진으로 많이 본 터라 그리 낯설게 느껴지지는 않았다. 황톳빛 밭고랑은 습기 하나 없이 뜨거운 태양 아래 바싹 메말라 있었고 꽃을 달고 있는 가늘고 긴 줄기들은 의외로 푸르고 싱싱해 보였다.

엑상프로방스에서 발랑솔까지는 약 70km, 자동차로 1시간 거리다. 엑상에서 출발하는 발랑솔 라벤더 투어 여행자들을 모집하는 상품도 있다. 특히 노을이 지는 황혼의 라벤더 평원은 추억 만들기의 절호의 순간이라고 한다. A51이라고 적힌 국도를 따라가면서 만나는 산악지형은 프로방스라고 해서 모든 지역이 평원이 아님을 보여 준다. 특히 인근의 베르동(Verdon) 협곡은 프랑스의 그랜드 캐니언(Grand Canyon)으로 불린다.

빛의 마술, 황혼의 발랑솔 평원(Plaine de Valensole, 자료사진)

프로방스가 들려주는 여행 이야기

프로방스의 향기로 불리는 라벤더(lavender)

    라벤더는 꿀풀과에 속하는 식물로 배수가 잘되고 습하지 않으며 햇빛이 잘 드는 곳에 자란다. 꿀풀과 식물 중에는 들깨, 박하, 로즈마리처럼 향이 강하여 향신료로 쓰이는 것이 많은데 라벤더는 주로 향수나 화장품을 만드는 재료가 된다. 라벤더는 별 모양의 조그만 털이 꽃이나 잎, 줄기를 덮고 있는데 그 사이에 기름샘이 있고 이것들을 모아 증류시키면 품질 좋은 향수가 나온다고 한다. 향수는 상품에 향기를 낼 때와 비누나 샴푸 등을 만드는 데 쓰인다. 향도 좋지만, 약효도 뛰어나서 용도가 아주 다양한데 진정제로 작용하여 정신을 안정시키고 마음을 편안하게 쉬도록 하며 슬픔을 경감시키는 반면, 감정적으로 고갈되고 우울해하는 사람에게는 정신을 고무시키고 되살아나게 하는 효과가 있다고 한다. 특히 정신적 스트레스와 불안에 기인한 불면증에 효과가 나타난다고 한다.

라벤더의 꽃말은 '침묵', '나에게 대답하세요'라고 하는데 여기에는 다음과 같은 전설이 있다.

옛날 어느 공주가 타국의 왕자를 사랑했다. 왕자는 공주에게 미소를 짓는 등 호감을 보였지만 공주가 자기를 사랑한다고 말해 달라는 부탁에는 대답하지 않고 침묵만 했다. 그러다가 왕자의 나라가 다른 나라와 전쟁을 하게 되었는데 공주는 왕자에게 떠나기 전에 자신을 사랑한다고 말해 달

라고 부탁했으나 왕자는 끝내 대답하지 않고 떠났다. 전쟁에서 왕자의 나라는 승리했지만, 불행히도 왕자는 전사했다. 사실을 안 공주는 절망해서 그 자리에서 숨을 거두었고 후에 공주가 죽은 그 자리에서 피어난 꽃이 라벤더라고 한다. 한편 공주보다 먼저 죽은 왕자도 공주를 사랑했지만, 그는 말을 못 하는 벙어리였고 수줍음이 많아서 공주의 고백에 대답하지 못했다고 한다.

　프로방스가 평화롭고 아름다운 풍광으로 유명세를 알리게 된 이유는 보랏빛 향기로 여행객을 유혹하는 발랑솔의 라벤더가 한몫한 것은 두말할 나위가 없다. '발랑솔'의 라벤더는 보통 6월 중순부터 꽃을 피우기 시작하여 절정을 이루었다가 7월 말부터는 줄기째 잘라서 수확을 시작한다. 이곳은 온화한 기후와 더불어 습도는 낮고 고도가 높아 라벤더를 재배하기에 최적의 조건을 갖추고 있다고 한다. 발랑솔은 세계 최대의 라벤더 평원

　프로방스가 들려주는 여행 이야기

을 가진 곳으로 전 세계 라벤더 수요의 80%를 공급하는데 파란 하늘 아래 프로방스의 넓은 평원을 보랏빛으로 수놓는 라벤더 물결은 곳곳에 틈틈이 만나지는 노란 해바라기 평원과 함께 프로방스의 매력을 더하고 있다.

페르시아와 카나리아 제도가 원산지라고 알려진 라벤더는 지중해 동쪽 '페니키아(Phoenicia)' 사람들, 즉 오늘날의 시리아, 레바논 해안지대에 거주했던 사람들이 프로방스로 들어오면서 포도나무, 올리브나무와 함께 들여온 것으로 추정된다. 라벤더는 이후 '프로방스의 향기(Parfum de Provence)'라고 불리면서 다른 지방에서는 쉽게 구경하기가 어려웠는데 그 이름이 '씻어내다'라는 뜻을 가진 'lavare'라는 라틴어 어원에서 알 수 있듯이 좋은 향을 가지고 있어서 로마인들은 그들의 목욕통에 넣기도 하고 옷 사이에 넣어두기도 했다고 한다. 중세 페스트가 만연했던 시절엔 사람들은 라벤더를 태움으로 병마를 쫓아냈다고 하며 만병통치약처럼 썼고 진통제, 근육경련 치료제, 살균제로 쓰이기도 하며, 불면증, 감기, 근육 위축, 화상, 고혈압에도 효과가 있는 것으로 알려져 있다. 현대에는 의학적 효능보다는 라벤더를 가공해 향수와 비누, 방향제 등 산업용으로 주로 많이 쓰고 있다.

프로방스가 들려주는 여행 이야기

점심을 해결하기 위해 들른 발랑솔의 한적한 한 시골 마을, 낡고 퇴색된 시골집의 담벽들 사이로 고요함이 흐르고, 풍겨내는 서정이 우리의 시골 마을과 별반 다르지 않다.

마을의 중심에는 제법 많은 사람이 모이고 향기로운 차 한잔과 간단한 먹거리로 민생을 해결한다.

프로방스가 들려주는 여행 이야기

프로방스가 들려주는 여행 이야기

늦은 오후의 프로방스

제2부

남프랑스
지중해 리비에라
(Riviera)

○

- 마르세유(Marseille)

- 툴롱(Toulon)

- 칸(Cannes)

- 니스(Nice)

- 모나코(Monaco)

※ 리비에라(Riviera)는 이탈리아어로
해안(Coast)이라는 뜻이다.

제8장

마르세유(Marseille), 툴롱(Toulon), 칸(Cannes)

노트르담 성당의 언덕에서 바라본 마르세유 전경

프로방스가 들려주는 여행 이야기

마르세유(Marseille)는 지중해 연안에 위치하여 파리, 리옹에 이어 프랑스의 3번째 큰 도시로 인구는 약 90만 명이다. 프랑스에서 가장 오래된 역사를 가진 도시로 B.C 600년 무렵 그리스에 의해 식민지 도시로 만들어졌다. 로마제국 시기에는 충성스러운 동맹이었고 로마 멸망 후 타 세력의 지배를 받다가 십자군 원정이 끝난 후 독립된 도시로 발전하였고 15세기에 프랑스에 통합되었다. 유럽에서 지중해를 통해 아프리카, 중동, 아시아를 연결하는 주요 거점 도시로 18세기 프랑스가 아프리카의 알제리를 식민지로 삼은 것을 계기로 무역항으로 급속히 발전하였다. 지금도 해상 문화를 연결하는 중요한 도시이다.

도시 앞바다 푸른 지중해에 떠 있는 섬들.
항구에서 가장 가까운 섬이 이프섬인데 유명한 소설 몽테크리스토 백작의 배경이 된 곳
으로 해안 절벽 위에 세워진 성(城)의 이름을 따 이프성(Chateau d'If)으로도 불린다.

프로방스가 들려주는 여행 이야기

　흥미진진한 소설 '몽테크리스토 백작(Le Comte de Monte-Cristo)'은 프랑스 작가 알렉상드르 뒤마(Alexandre Dumas, 1802~1870)가 이프성을 배경으로 1845년에 지은 소설이다. 이프성은 마르세유 항구에서 배로 20분 거리, 약 3km 정도 떨어져 있는데 1524년, 프랑수아 1세가 세운 해상 요새이자 무역의 중심지였다. 그러나 요새의 기능보다는 주로 정치범과 종교범들을 가둬 놓는 감옥으로 사용되었고 실제로는 죄가 무거운 죄수들을 투옥했던 악명 높은 감옥으로 오래 사용되었다. 현재는 마르세유의 유명 관광지로 페리가 운행되고 있다.

　해발 161m에 언덕에 위치한 이 성당은 1524년 프랑수아 1세가 만들었던 요새에 지은 성당으로 건축가 에스페랑디유의 설계로 1853년 착공하여 1864년 나폴레옹 3세가 완공했다. 도시의 가장 높은 곳에 위치한 웅장한 대성당으로 머리에 관을 쓴 빛나는 황금 마리아상이 있고 마르세유의 대표적 랜드마크이기도 하다. 신 비잔틴 양식의 영향을 강하게 받은 건축

노트르담 드 라 가르드 성당(Basilique Notre-Dame de la Garde)

물로 프랑스 다른 지역에서는 보기 드문 독특하고 이색적인 외관을 가지고 있는데 건물이 크게 상단과 하단 두 부분으로 나누어져 있다.

상단은 완전한 신 비잔틴 양식의 건물로 거대한 돔과 줄무늬로 화려하게 꾸며져 있고 하단에는 별다른 장식이 없는 로마네스크 양식으로 되어 있다. 측면에는 높이 약 46m에 달하는 사각 종루가 하늘 높이 솟아 있는데 종탑 꼭대기에는 머리에 관을 쓰고 아기 예수를 안은 11m 높이의 황금색 성모 마리아상이 세워져 있다. 성모 마리아가 마르세유 앞바다를 지나는 어부들의 수호자로서 배를 타고 어디에서나 볼 수 있도록 찬란하게 황금빛을 발산시키고 있는데 마리아상의 금빛 도금에만 무려 9,796kg의 황금이 소요되었다고 하니 놀라울 뿐이다. 성당의 내부 또한 황금색 성화와 모자이크, 채색 대리석으로 아름답게 꾸며져 있다.

프로방스가 들려주는 여행 이야기

    마르세유 관광의 중심지는 지중해 대표 무역항으로 번성했던 구항구로 현재에는 많은 요트와 어선들이 점령하고 있다. 이프성으로 가는 페리도 이곳에서 출발하고 오전에는 생선 시장이 열려 이곳 사람들의 활기찬 생활상을 구경할 수 있다. 특히 레스토랑과 카페가 많아 마르세유 명물 요리 부야베스(Bouillabaisse)도 맛보기 좋은 곳이다. 부야베스는 일종의 프랑스식 해물탕으로 마르세유가 발상지인데 어부들이 팔고 남은 생선을 처리하기 위해 만든 데서 발전한 서민 음식이다. 다양한 종류의 생선

마르세유의 별미 '부야베스'

프로방스가 들려주는 여행 이야기

과 채소, 향신료를 넣어 끓인 탕류로 처음 먹어 보는 여행객의 입맛에는 호불호가 있다.

노트르담 성당은 구항구 앞에서 버스로도 올 수 있고
관광용 꼬마 기차를 타고 올라올 수 있다.

마르세유는 여행 정보를 찾다 보면 프랑스에서 치안이 가장 좋지 못한 도시로 꼽힌다. 지중해 건너 가까운 북아프리카 출신 이민자가 도시 인구의 4분의 1이나 되고 러시아, 이탈리아, 아시아에서도 넘어오는 불법 이민자들도 다수며 또, 큰돈을 벌려는 마약과 밀수의 관문이 되기 때문이다. 그 이권을 두고 갱단과 프랑스 마피아 사이에 다툼과 분쟁이 치열하여 대낮에도 총격전이 발생하여 사람이 죽어 나가기도 한다니 무법천지인 곳이다. 이런 이유로 이곳에서 숙박을 권하지 않는 여행 정보도 많이 있다. 이러한 도시 이미지를 개선하기 위해 2021년 9월, 마크롱 대통령이 마르세유에 직접 와서 마약 밀매에 연루된 강력 사건이 끊이지 않는 도시를 탈바꿈시키겠다고 선언했다고 한다. 한편, 마르세유는 축구가 매우 인기 있는 도시로 마르세유팀 서포터들의 열광적인 응원은 프랑스뿐만 아니라 전 유럽에서도 손꼽힐 만한 수준이라고 한다. 특히 마르세유와 파리 생제르맹 FC의 경기는 프랑스 축구 리그의 최고 빅매치로 꼽힌다.

툴롱(Toulon)은 인구 약 17만여 명의 중소도시로 마르세유 동쪽으로 약 65km, 1시간 정도의 거리에 떨어져 있는데 프랑스 해군부대가 위치하여 군항으로 잘 알려진 도시이다. 프랑스 혁명 전쟁 시에 영국 해군에게 점령당하였던 것을 나폴레옹이 탈환하였고 지금은 해군 항공모함의 주요 항구 기지 중 하나로 기능하고 있다.

프로방스가 들려주는 여행 이야기

    도시의 중심 도로에 야자수가 하늘을 향해 뻗어 있는 모습이 남국의 이
국적인 분위기를 물씬 풍긴다. 해안에는 요트들이 즐비하고 대형 크루즈
선이 정박해 있는 모습을 보면 여행객의 마음이 설레기도 한다.

국립해군박물관. 규모는 크지 않지만, 중세부터 현대까지 군함의 발전 과정을 볼 수 있다.

프로방스가 들려주는 여행 이야기

툴롱과 연관된 이야기 중 '장 발장(Jean Valjean)'을 빼놓을 수 없다. 작가 빅토르 위고(Victor Marie Hugo, 1802~1885)가 1862년에 발표한 유명한 소설 '레 미제라블(Les Misérables)'의 주인공 '장 발장'이 죄수로 끌려온 곳이 바로 이곳 툴롱 교도소이다. 장 발장은 프랑스 라브리 지방의 노동자로 가난과 배고픔에 허덕이는 가엾은 조카들을 먹이기 위해 빵 한 조각을 훔친 죄로 징역 5년을 선고받고 툴롱의 감옥에서 살게 된다. 이곳 감옥에서 노역할 때 나중에 무려 20년간이나 지독하게 장 발장을 뒤쫓으며 괴롭히다 결국은 자살로 생을 마감하는 경감 자베르(Javert)를 이 교도소에서 만나게 된다. 당시 자베르가 젊은 교도관으로 이곳에 근무하고 있었기 때문이다. 장 발장은 4차례나 탈옥을 시도했고 결국 형기가 더해져 무려 19년의 징역을 살고 나온다. 그 후 툴롱에서 파리 경찰서로 이동한 자베르는 장 발장의 죄수 번호 24601을 기억하며 지독한 악연이 시작되었고 사건은 더욱 급박해진다. 냉혹한 인간미의 자베르와 따뜻한 장 발장이 펼쳐내는 한편의 휴먼 드라마는 뮤지컬로도 잘 알려져 있다.

이 소설은 1832년에 있었던 프랑스 6월 혁명을 소재로 하여 당시 민중들의 비참한 삶에 대한 작가의 관점이 잘 나타나 있다. '레 미제라블'이라는 소설의 이름 뜻도 '비참하고 불쌍한 사람들'이라는 뜻이다. 이러한 배경을 가진 이 소설은 인간의 사랑, 용기, 희생, 인간 본성 등 다양한 주제를 다룬 대하소설로 위고의 대표작인 동시에 프랑스를 대표하는 최고의 걸작 중 하나이며 서양 문학사의 가장 위대한 소설 중 하나로 평가받고 있다.

툴롱의 해안가에서 우리는 햇살을 피해 지중해를 바라보며 샌드위치를 간식으로 잠시 시간을 보냈다. 기억에 남는 것은 이곳 사람들은 왜 샌드위치를 이렇게 짜게 만드는지 좀체 적응이 잘되지 않는 것이다. 식사 때마다 종종 느끼는 경험이다.

툴롱을 떠나 동쪽으로 계속 달리면 세계적인 영화제로 유명한 도시 칸(Cannes)이 나온다. 거리는 약 120km, 1시간 30분 정도 시간이 소요된다.

영화의 도시 칸의 모습(자료사진)

칸은 인근 도시 니스(Nice)와 함께 프랑스 지중해의 대표적 휴양도시이다. 중세에는 작은 마을에 지나지 않았는데 19세기부터 해수욕장이 들어서면서 휴양객이 모여들었고 대규모 호텔이 건립되면서 지금은 세계적인 관광지가 되었고 여유를 즐기려는 사람들의 로망이 되었다. 인구는 불과 10만 명이 되지 않은데 평균 관광객 수는 인구의 절반이 넘는다고 한다.

매년 5월에 열리는 '칸 영화제(Cannes Film Festival)'는 '베를린 영화제', '베니스 영화제'와 함께 세계 3대 영화제로 불린다. 1930년대 당시 이탈리아의 파시스트 정부가 '베니스 영화제'에 정치색을 자꾸 입혀 나가자 이에 대항하기 위해 프랑스 정부의 지원을 받아 시작된 것이 '칸 영화제'의 시작이다. 1939년 개최 예정이었으나 제2차 세계대전의 발발로 중단이 되었다가 종전 후인 1946년 9월 20일에 처음 개최되었다. 영화제의 최고상은 '황금종려상'으로 2019년 우리나라 봉준호 감독의 영화 '기생충(Parasite)'이 한국 영화 최초로 수상했다. 배우 전도연이 2007년 영화 '밀양'으로 여우주연상을, 배우 송강호가 2022년 영화 '브로커'로 남우주연상을 자랑스럽게 수상한 영화제이다.

칸의 도시 관광은 크루아제트(La Croisette) 대로를 걷는 것으로 보면 된다. 총 길이 약 2km의 대로로 옛 항구의 오른쪽 해안을 따라 쭉 이어지는데 길게 뻗어 있는 백사장과 거리 양쪽에 일렬로 늘어서 있는 종려나무가 보여 주는 아름답고 이국적인 지중해 풍경을 즐길 수 있는 곳이라 명성이 높다. 해변에는 많은 카페와 레스토랑이 자리 잡고 길 뒤편으로는 칸 제일의 쇼핑가가 자리 잡고 있어 항상 관광객들로 북적거리는데 고급 휴양

자유분방한 여유가 넘치는 칸의 해변, 따사로운 햇살과 푸른 지중해

프로방스가 들려주는 여행 이야기

지답게 럭셔리한 명품 브랜드 매장들이 눈에 많이 띈다. 어떤 이들은 이 거리를 '세계에서 가장 아름다운 거리'라고 자찬하기도 한다.

칼튼(Inter Continental Carlton Cannes) 호텔

프로방스가 들려주는 여행 이야기

매년 칸 영화제가 열리면 전 세계 스타들이 칸에 들어와 영화제 개최 장소인 크루아제트(Croisette) 거리에 모인다. 따라서 이 거리에는 스타들이 묵을 고급 호텔들에도 세간의 이목이 쏠리게 마련이다. 칸의 대표적 호텔이면서 그들이 찾는 유명 호텔 중 가장 선호하는 호텔이 칼튼(Carlton) 호텔이다. 아이보리 톤의 우아한 외관에 예술품 같은 고급스러움이 절로 풍겨 나오는 디자인이 일반 서민들이야 넘볼 수도 없는 부유의 상징 같은 느낌을 받게 한다. 이 호텔의 7층에는 1956년 미국 할리우드(Hollywood)의 유명 여배우에서 일약 모나코(Monaco)의 왕비가 된 그레이스 켈리(Grace Kelly)에게 헌정하는 280㎡ 크기의 스위트룸이 있다고 한다.

크루아제트 대로(산책로)의 끝에 위치한 칸 영화제 행사장. 이름이 '팔레 데 페스티벌 에 데 콩그레(Palais des Festivals et des Congres)'이다. 영화제가 열리는 이곳에서 휘황찬란한 불빛 세례를 받으며 마음껏 자신을 과시했던 세계 유명 배우들의 화려한 축제가 끝나고 나면 자신만의 소중한 추억을 만들고자 레드 카펫 위에서 기념사진을 찍고 싶어 하는 일반 대중들을 위해 연중 레드 카펫을 깔아 두고 있다. (자료사진)

작은 소도시에 불과한 칸에서 지금 우리나라도 한창 열을 올리고 있는 관광산업 발전에 대해서 많은 생각을 하게 된다. 특히 지방 자치단체마다 사활을 걸다시피 하며 외부 관광객을 유치하려고 온갖 정책과 수단을 강구하고 엄청난 예산을 투자하고 있는데 정작 내국인 위주의, 그것도 주말 나들이 정도에서 벗어나고 있지 못한 곳이 많다. 반면 이곳은 의외로 행정 기관의 계획적인 투자도 부족하고 관광 인프라 역시 잘 갖춰져 있지 않다. 다만 사람이 살아온 옛 모습 그대로를 잘 간직할 뿐, 그럼에도 불구하고 전 세계에서 많은 관광객이 몰려온다. 실례로 이 작은 도시에서 저렇게 많은 호텔이 망하지 않고 운영되고 있다는 것이 정말 신기한 일 아닌가. 우리 같 으면 대도시를 제외한 중소도시에서는 고급 호텔 하나라도 적자 내지 않 고 제대로 잘 운영될 리가 없는데 말이다. 그만큼 우리는 숙박을 하면서까 지 찾아오는 관광객이 없다는 방증이다. 칸의 해변보다도 더 좋은 해변이 나 해수욕장이 우리나라에도 많이 있다. 그러나 더 좋은 자연조건이 있어 본들 찾아 주지 않으면 무슨 소용이 있겠는가. 많은 여행객이 찾도록 하려 면 여행객들의 심리를 잘 읽어야 하는데, 여러 요인 중 '어울림'이 중요한 하나의 요소가 되는 것 같다. 기본적인 자연의 아름다움에 '삶의 모습', '공 동체 정신', '여유'가 그런 것들이다. 우리나라 유명 해수욕장의 여름을 생 각해 보면 순간의 시원한 피서를 즐기기 위해 감수해야 하는 온갖 번거롭 고 지저분하고 인상을 찌푸려야 하는 흉한 모습들이 얼마나 많은가.

칸을 떠나면서 숨 쉬는 공기에서조차 부요함이 느껴진다. 인간의 욕망 을 풀어놓고 마음껏 발산할 수 있는 곳, 이 일을 위해 수단이 되는 돈의 효 용성과 위력에 대해 한 번 더 생각하게 된다. 부요와 가난, 즐거움과 고통 스러움이 동전의 양면처럼 똑같이 존재할 수밖에 없는 이 세상. 이처럼 여행은 보이는 것을 통해서 보이지 않는 것을 볼 수 있다는 점에서 좋은 공부가 되기도 한다.

제9장

니스(Nice), 모나코(Monaco)

칸에서 약 35km 떨어진 니스 역시 지중해의 유명 휴양도시다. 칸보다는 도시 규모가 훨씬 커 인구 30만 명이 넘는다. 연평균 기온이 15°C 정도로 연중 온난하며 풍경이 아름다워 2021년 '니스, 리비에라(Riviera)의 겨울 휴양도시'라는 명칭으로 세계문화유산으로 지정되었다.

니스(Nice) 전경 (자료사진)

니스의 구시가지

　니스는 프랑스 리비에라(Riviera)의 중심지다. 리비에라는 이탈리아어로 해안(Coast)이라는 뜻인데 특히 이탈리아에서 프랑스 남부지방, 프로방스에 이르는 지중해 해안 지역을 말한다. 이 지역의 좋은 기후, 아름다운 풍경은 이곳을 세계적 휴양지로 만들었다. 칸, 니스, 모나코의 몬테카를로(Monte Carlo), 이탈리아의 산레모(Sanremo) 등이 대표적이다. 1년 내내 꽃이 재배되고 특히 향수 제조가 성행한다. 이곳의 역사를 거슬러 올라가면 18세기 산업혁명 이후 북위도의 영국인들이 처음으로 이곳을 휴양지로 개발하였고 지금의 관광지로 발전되었다.

　니스의 가장 자랑거리는 뭐니 뭐니 해도 유럽에서 가장 아름다운 곳으로 자부하는 니스 해변이다. 연중 온화한 기후와 따사로운 햇살은 휴식과

프로방스가 들려주는 여행 이야기

여유가 필요한 사람들에게 천혜의 휴양지로 제공되고 가족과 젊은이들에 겐 추억과 낭만의 도시로 생활을 즐길 수 있어 프랑스 코트 다쥐르(Cote d'Azur) 지방의 꽃이라고도 불린다.

영국인 산책로(Promenade des Anglais, 프롬나드 데 장글레)

니스 관광의 중심은 지중해 해안을 따라 걷는 '영국인 산책로(Promenade des Anglais)'이다. 서쪽에서 동쪽으로 이어지는 산책로의 거리는 약 4km 에 달한다. 프랑스 땅에 '영국인 산책로'라는 이름이 붙은 연유가 의아하다.

연중 흐리고 비 오는 날이 많았던 섬나라 영국에서 18세기 후반 산업혁 명이 일어나자 대륙과의 교통이 발달하고 교역이 늘어나면서 사람들의 왕래가 빈번해졌다. 19세기 영국인들이 니스에 와서 이곳 지중해의 밝고 따사로운 햇살과 해변을 따라 펼쳐진 경치를 보는 순간 매료되기 시작했 고 이곳에서 겨울을 보내려는 사람들이 차츰 늘어나기 시작했다. 이런 소 문이 다른 지역으로 차츰 퍼지게 되었고, 1820년 유럽 북부에 매서운 겨 울이 닥치자 부유한 영국 귀족들이 추위를 피해 니스를 찾으면서 영국인 들에 의해서 개발이 시작되었다. 그리고 이 소문으로 엉뚱하게도 형편이

프로방스가 들려주는 여행 이야기

어렵던 노숙자들도 니스로 몰려들기 시작했는데, 이때 영국인들이 이들에게 도움을 주기 위해 찾은 방안이 바로 해안을 따라 산책로를 조성하는 것이었다. 그리고 소요되는 공사비는 영국의 사업가 루이스 웨이가 마련해 주었다고 한다. 그리고 1931년, 영국 왕실에서 해안가를 따라 종려나무를 심었는데 이 때문에 '영국인 산책로'라는 이름이 붙여졌다. 그 후 니스시는 산책로 공사의 범위를 대폭 늘려 현재의 모습에 이르렀다. 푸른 바다와 긴 해변을 따라 우아하게 늘어선 최고급 호텔과 별장, 상가 등이 잘 어우러져 니스는 그림 같은 풍경을 만들어 낸다. 니스 해변은 우리나

말을 타고 해변 산책로와 시내를 순찰하는 경찰들과 총을 든 군인.
산책로 주변 집들의 모습이 예쁘고 예술적이다. 경이롭기까지 하다.

라의 몽돌해수욕장처럼 모래가 아닌 자갈 해변으로 폭이 그리 넓지는 않다. 우리는 바다에 들어가지 않았는데 해수욕장은 구역이 유료와 무료로 나누어져 있어 구별해야 한다. 긴 의자와 파라솔이 잘 구비되어 있는 곳은 유료이다.

니스를 한눈에 조망할 수 있는 해변의 왼쪽 끝 언덕에 설치된 조형물 '# I Love NICE'. 바로 옆에 니스의 옛 성(castel)터가 있다.

칸이 영화의 도시라면 니스는 미술의 도시라고 할 수 있다. 니스의 구시가지 쪽에는 다른 도시와 유사하게 좁은 골목에 아기자기 모여 있는 건물들이 파스텔 톤으로 빛을 내고 기념품점, 시장, 레스토랑, 카페 등이 모여 있다. 니스에는 파리 다음으로 많은 미술관이 있는데 대표적인 미술가는 마티스와 샤갈이다. 프랑스 화가로 20세기 화풍 야수파의 창시자인 앙리 마티스(Henri Matisse, 1869~1954)는 1917년, 40대 후반에 니스에 처음 왔다. 이곳 프로방스의 맑고 투명한 빛에 매료된 그는 니스에서 여기저기

옮겨 다니며 살다가 시미에(Cimiez) 언덕에 자리를 잡아 작품 활동을 했다. 그리고 1954년 세상을 떠나기 직전에 자신의 작품 전부를 사랑했던 니스시에 기증했다. 참으로 큰 선물을 니스에 준 셈이다. 니스시는 이에 보답하고자 마티스 미술관을 만들기 위해 1685년에 이탈리아식 별장으로 시미에 언덕의 가장 높은 곳에 건축된 저택 '빌라 제누아(Villa Genoise)'를 사들였다. 빌라 제누아는 19세기 빅토리아 여왕이 휴양차 이용하던 유서 깊은 건물이기도 했다. 이곳에 450여 점에 달하는 작품을 전시해 1963년 공식적으로 개관했는데 회화 작품뿐만 아니라 데생과 판화, 조각 작품을 통해서도 그의 예술 세계를 이해하고 알릴 수 있도록 하였다.

니스의 예술 거장, 앙리 마티스(Henri Matisse)와 그의 대표작인 '춤'(Dance, 1910년).
짙은 푸른 하늘과 녹색의 대지 위에 인간들이 손을 잡고 만들어 내는 춤은 거대한 우주
공간으로 빨려 들어가는 듯한 소용돌이를 만들어 낸다. 마티스에게 있어 춤은 인간과
하늘, 대지, 우주가 만들어 내는 무한성과 영원을 표현한다고 볼 수 있다.

앙리 마티스 미술관. 샤갈 미술관과는 5분 거리에 있다.

마르크 샤갈(Marc Chagall, 1887~1985)은 러시아(현재의 벨라루스) 태
생으로 상트페테르부르크 황실 미술학교를 졸업한 후 프랑스에서 활동한
20세기 표현주의, 초현실주의 화가이다. 그의 그림은 밝고 몽환적인 그림
들로 유명하다. 그의 명성은 입체파인 파블로 피카소(Pablo Picasso,
1881~1973)와 함께 20세기 최고의 화가로 인정받고 있다. 1922년, 30대

　　　　　　　　프로방스가 들려주는 여행 이야기

였던 샤갈은 러시아를 떠나 베를린으로 갔다가 다음 해 가족과 함께 파리로 가서 정착했다. 그리고 제1차 세계대전이 끝난 후 유럽의 여러 국가와 팔레스타인에 이르기까지 여러 지역을 여행하면서 작품 활동을 했다. 그러나 제2차 세계대전으로 히틀러의 유대인 말살 정책이 심해지자 유대인인 자신에게 다가오는 위험을 느껴 1941년 가족과 함께 미국으로 망명했다. 미국에서 초기에는 샤갈의 작품에 대해 그다지 호의적이지 않았다. 그러나 1946년 뉴욕 현대미술관에서 열린 샤갈의 회고전과 그로부터 몇 달 뒤 시카고 미술연구소에서 열린 그의 회고전을 본 미술평론가들과 수집가들은 그의 예술 세계에 대한 평가를 바꾸게 되었다. 1948년 그는 다시 프랑스로 이주했는데 처음에는 파리 교외에 정착했다가 나중에 남부 프로방스로 내려오게 된다. 그는 그림뿐 아니라 판화, 도자기, 성당의 스테인드글라스 제작 등 다방면에 활동했으며 1966년 니스시에 17점의 '성

서 이야기' 연작을 기증하였다. 당시 정부의 문화부 장관이었던 앙드레 말로(Andre Malraux)는 이 그림을 전시하기 위해 니스시로부터 부지를 기증받아 1973년 '마르크 샤갈 성서 메시지 미술관'을 개관하였는데 현재 샤갈의 작품 200여 점이 전시되어 있다. 1977년, 프랑스 정부가 샤갈에게 레지옹 도뇌르 최고 훈장을 수여하였고 파리의 루브르 박물관에서 회고전을 열어 그를 예우했다.

색채의 마술사로 불리는
마르크 샤갈(Marc Chagall)

샤갈의 대표작 '나와 마을'(I and the Village, 1911년)

그림 '나와 마을'은 꿈속의 한 장면처럼 논리에 맞지 않는 모습으로 중첩되어 있다. 어릴 적 고향을 떠나 향수에 젖는 모습이 땅을 일구고 젖을 짜는 다양한 화면으로 표현되고 있다. 그림 속에 한 부분을 차지하는 불타는 떨기나무의 이미지는 구약성서에 나오는 출애굽의 지도자 모세(Moses) 앞의 불타는 떨기나무 형상을 표현했다고 한다. 이는 샤갈이 유대인으로서 민족 신앙과 정체성을 나타내고 있음을 알 수 있다.

러시아에서의 어린 시절, 샤갈의 아버지는 청어 장수였다. 생선 썩는 악취 속에서 무거운 생선 궤짝을 날랐다. 손에 쥐는 건 한 달에 20루블 남짓, 9남매 중 장남이었던 샤갈의 회고에 따르면 '지옥 같은 일'이었다고 한다. 그런데도 아버지는 매일 아침 6시에 유대교 회당으로 가서 기도했다고 한다. "아버지에 관한 한 모든 게 수수께끼 같았다… 이 순박한 남자와 친밀한 건 오직 나뿐이었다." 샤갈의 그림에 자주 등장하는 물고기 형상은 이 과묵하고 가난했던 남자를 향한 사랑에서 비롯한 것이었다. 1911년 고국을 떠나 파리로

샤갈의 1911년 작 초상화 '아버지'. 걸인이나 술꾼이 연상된다는 평가가 있으나 샤갈의 속마음은 달랐다.

온 샤갈은 '아버지' 초상화를 그렸다. 샤갈의 전기를 쓴 프란츠 메이어가 그림을 보고 "원초적인 힘으로 가득한 맹렬한 초상화"라고 평했다. 그러나 뒷배경에 그린 작은 꽃들의 이미지는 화사하게 피어나기를 바라는 아버지에 대한 염원으로 보인다. 이 그림은 2022년 뉴욕 필립스 경매에 출품돼 약 100억 원에 낙찰됐다고 한다.

이처럼 니스는 휴양지 못지않은 미술계의 거장들이 사랑했고 거쳐 간 도시이다. 아를에서 고흐와 함께 그림 작업을 했던 화가 폴 고갱도 남태

평양 타히티섬으로 떠나기 전에 이곳 니스에서 작품 활동을 했다. 이렇듯 니스는 자연이 베푸는 휴양의 공간이면서도 당대 예술 거장들의 삶과 문화, 예술적 향취를 느낄 수 있는 의미 있는 도시이기도 하다.

니스의 샤갈 미술관

매년 2월 중순에 2주 동안 열리는 '니스 카니발' 역시 '브라질 리우 카니발', '이탈리아 베니스 카니발'과 함께 세계 3대 퍼레이드 축제로 꼽힌다고 한다. 2주 동안 새로운 테마에 맞춰 진행되는 카니발 행사의 하이라이트는 '꽃마차 퍼레이드'로 밤낮으로 펼쳐지는 형형색색의 퍼레이드가 사람들을 매료시킨다고 한다. 삶의 여유를 가진 사람들이 지역을 아끼는 마음과 예술적 감수성으로 펼치는 행사이기에 세계인들의 뇌리에 인상적으로 각인되지 않았을까 하는 생각이 든다.

프로방스가 들려주는 여행 이야기

니스의 구도시(Old town) 좁은 골목길과 신도시(New town)

니스에서 숙박은 시내 중심부에 위치한 긴 이름의 베스트 웨스턴 플러스 니스 코지 호텔(Best Western Plus Nice Cosy Hotel)을 이용했다. 예상 밖으로 가격이 저렴했고 시설도 좋아서 만족스러웠다. 주차 공간이 없어서 차량은 호텔 인근 도로변 유료 주차장을 이용해야만 했다.

니스에서 모나코(Monaco)까지는 약 20km, 버스로 20분, 기차로 10분이면 오갈 수 있다. 총면적 약 2㎢, 인구 3만 명이 조금 넘는, 세계에서 로마의 바티칸(Vatican) 다음으로 작아 우리나라 같으면 작은 동(洞)에 불과한 모나코는 국가라기보다는 프랑스의 지중해 휴양도시 같은 느낌이다. 프랑스와 국경도 따로 없고 세금과 병역의무가 없는 곳으로 일반적으로 화려하고 사치스러운 나라로 알려져 있다. 1인당 국내총생산(GDP)은 별도로 발표하지 않으나 아마 세계에서 가장 높은 것으로 알려진 부국이다.

니스에서 모나코로 들어가는 입구

프로방스가 들려주는 여행 이야기

모나코 입구에 들어서면 산을 깎아 만든 고층 건물과 시내를 꽉 채운 고급스러운 아파트인지 리조트인지 모를 건물들이 여행객의 눈길을 압도한다. 바다를 보면 아마도 세계의 고급스러운 요트 대다수가 이곳에 다 모여 있는 것이 아닌가 하는 생각이 든다. 이 작은 나라 전체를 하나의 관광지로 보면 될 것 같다.

　　모나코는 국가를 운영하는 데 필요한 경비를 모두 관광과 카지노(Casino) 수입으로 충당할 수 있어서 국민들에게 별도의 세금을 거두지 않는다고 한다. 관광지로는 왕궁과 역사박물관, 세계적인 해양박물관이 있는데 특별히 몬테카를로의 카지노와 함께 매년 5월이면 열리는 세계 자동차 경주 대회(F1)가 무엇보다도 최고의 관광거리다. 그리고 모나코는 70%가 넘는 다수의 인구가 다른 국적을 가진 영주권자들이다. 이들의 대부분은 다른 나라에서 온 엄청난 부자들로, 세금의 의무가 없는 이곳으로 와서 부를 만끽하며 살고 있다.

모나코 전경(자료사진)

프로방스가 들려주는 여행 이야기

프로방스가 들려주는 여행 이야기

밝고 화사한 파스텔톤 집들과 지중해 올리브나무

몬테카를로 방향에서 바라본 모나코 전경

프로방스가 들려주는 여행 이야기

모나코는 모나코 항을 중심으로 크게 4개 지역으로 나뉘는데 가장 북쪽에 위치하는 몬테카를로(Monte-Carlo)가 가장 대표적이며 이곳에 카지노가 밀집해 있고 F1 자동차 경주대회가 열리는 곳이다. 국가에서 운영하는 카지노의 수익금은 모두 국가의 재정이 된다.

세계에서 가장 아름다운 F1 무대인 '모나코 서킷(Circuit de Monaco) F1'은 포뮬러 자동차 경기 중 하나로 공식 명칭은 'FIA 포뮬러원 월드 챔피언십(FIA Formula One World Championship)'이다. 줄여서 '포뮬러원'이라고 한다. 사진 한 장에 국토 전체가 들어올 정도로 작은 이 나라 모나코는 어떻게 모터스포츠의 전당이 됐을까?

　20세기 초, 유럽에서는 상류층을 중심으로 자동차 보급과 모터스포츠 경쟁이 한창 활발해지고 있었다. 이 시기에 자연스럽게 탄생한 자동차 클럽은 차를 모는 사업가와 귀족들의 사교 모임이자 이들의 권익을 대변하는 단체가 되었고 이들에 의해 지역 모터스포츠를 주관하는 역할까지 맡게 되었다. 유명한 '몬테카를로 랠리(Rally)'는 유럽 각지를 출발해 목적지인 모나코 몬테카를로를 향해 달리는 대회로 1920년대에는 세계에서 가장 유명한 국제 모터스포츠 대회가 되었다. 그러나 이 대회의 운영 코스가 유럽 각지였고 단지 모나코는 종점에만 해당하기 때문에 오롯이 모나코만의 모터스포츠 대회라고 할 수 없다는 비판이 일었다. 그래서 모나코 국경 안에서만 열리는 국제 그랑프리 대회를 열기로 하였다. 그러나 너무 작은 모나코 안에 자동차 경주용 전용 경기장을 짓는 건 불가능하였기에 아이디어로 나온 것이 몬테카를로의 도심 도로를 잠시 통제하여 경기장으로 활용하자는 것이었다. 이렇게 하여 도심 서킷(Circuit)이 만들어졌고 문제는 깔끔히 해결되었다. 나아가 당시 모나코를 통치하던 루이 2세 대

공의 전폭적인 지원하에 1929년 제1회 모나코 그랑프리가 개최되었다. 이렇게 만들어진 모나코 서킷은 큰 성공을 거두게 되었고 F1 체제가 만들어진 1950년부터 꾸준히 F1 캘린더에 이름을 올리며 모나코 그랑프리가 F1의 대표 서킷으로 자리 잡았다. 이로써 몬테카를로 랠리와 더불어 모나코가 유럽 모터스포츠의 중심지로 성장하는 데에 크게 기여하게 되었다.

초창기 모나코 그랑프리의 모습과 현재의 모습

모나코 서킷. 호텔 발코니도 관중석으로 활용되는 것이 이색적이다.

혹자는 모나코 서킷 그 자체를 우리 모두가 동경하는 삶의 축소판과도 같다고 한다. 아무나 달릴 수 없다는 희소성과 더불어 초호화 호텔들 사이를 포뮬러 머신들이 내달리고 수백억 원대의 요트들이 떠 있는 지중해 바다 위에서 레이스를 지켜보는 모습까지. 이렇게 비현실적인 모나코 서킷의 풍경이 사람들이 동경하는 특별한 삶의 축소판이기에 90년 넘게 큰 사랑을 받아 왔다고 말한다.

1956년 세기의 결혼식을 치른 레니에 3세와 그레이스 켈리

프로방스가 들려주는 여행 이야기

현재의 장년 세대는 모나코 하면 먼저 왕비 '그레이스 켈리(Grace Kelly, 1929~1982)'를 떠올린다. 그녀는 모나코 국왕인 대공(大公) 레니에 3세(Rainier III, 1923~2005)의 대공비(大公妃), 즉 왕비다. 미국 펜실베이니아주 필라델피아의 명문가에서 아일랜드게 아버지와 독일게 어머니의 1남 3녀 중 셋째로 태어나 사업가로 자수성가한 아버지 덕에 미국에 대공황이 덮친 시기에서도 부유한 환경에서 자라났다. 1950년, 21세의 나이로 연기를 처음 시작했는데 청순하고 지적인 외모로 인기는 급상승하여 4년 만인 1955년 아카데미상과 골든 글러브상의 여우주연상을 수상하여 일약 미국 영화와 드라마 시청자들의 총애를 한 몸에 받은 최고의 스타다. 그 후 화보 촬영차 지중해의 모나코에 갔다가 일생일대의 전환을 맞이하는데 모나코의 국왕인 레니에 3세가 그녀를 초대한 것이다. 이후 소문에 의하면 레니에 3세는 12캐럿 다이아몬드를 선물하는 등 지속적인 구애를 펼쳤고 켈리는 마침내'상류사회'를 마지막 영화로 국왕의 청혼을 받아들이게 된다. 1956년 4월 모나코에서 세계의 이목을 집중시킨 결혼식이 무려 일주일 동안 거행되었는데 세계 각국에서 결혼식을 보기 위해 취재진, 축하 하객들까지 모여 호텔뿐 아니라 거리에도 사람들이 넘쳐났다고 한다. 성당 결혼식 후 부부는 손을 꼭 잡고 백마가 끄는 마차를 타고 바닷가로 이동, 호화 요트에 올라 스페인으로 신혼여행을 떠났다.

그러나 자녀를 낳고 영원토록 행복하게 잘 살 것 같은 그녀에게 불행이 다가왔는데 1982년 9월 13일 둘째 딸 스테파니 공주를 태우고 차를 운전해 시골 별장이 있던 프랑스 몽 아젤에서 모나코로 돌아가던 중 차가 37m 아래 산비탈로 굴러떨어지는 교통사고를 당했고 다행히 공주는 살아남았지만, 그녀는 큰 부상을 입고 의식을 회복하지 못한 채 슬프게도 다음날 향년 52세로 세상을 떠났다.

20대 청춘에 그것도 불과 수년 만에 신데렐라처럼 화려하게 영화계를 주름잡았고 결혼을 통해 한 국가의 왕비로 세상의 부와 명예, 인기를 다 가진 듯한 그녀였지만 그것도 그리 길지 않은 순간, 그녀의 일생은 슬프게도 생명이 유한할 수밖에 없는 시한부적 존재임을 깨닫게 해 주었다. 이런 삶이 마치 한 편의 드라마 같아서 지금도 기억하는 많은 사람들의 가슴에 아련함으로 남아 있다.

왕비보다 6살 연상인 국왕 레니에 3세는 아내를 잃은 후 23년 만인 2005년 81세로 아내 곁으로 갔고 56년간 지켜온 국왕의 자리는 켈리와의 사이에서 낳은 아들 알베르 2세가 계승하여 현재에 이르고 있다.

레니에 3세는 오늘날 모나코를 부유하게 만든 인물로 평가받고 있다. 1923년 모나코에서 태어난 그는 10살의 어린 나이에 부모가 이혼하는 아픔을 겪었고 총각 시절 자유 프랑스군에 입대하여 장교로 근무하였으며 1949년 외조부 루이 2세를 이어 모나코 국왕이 되었다. 즉위 당시 모나코는 프랑스와 함께 제2차 세계대전의 영향으로 국고는 비어 있었고 어려운 경제 상황으로 프랑스에 합병되는 분위기에 휩싸여 있었다. 그는 나라의 발전을 위해 모나코를 조세회피처로 만들고 상업 중심지, 카지노 및 부동산 개발을 통해 국제적인 관광명소로 육성하고자 노력했다. 그러한 가운데 세기의 여배우와 결혼하여 세계의 이목을 집중시키기도 하였다. 그레이스 켈리가 미국을 떠나 모나코 왕비가 되었다는 이유만으로 미국인들의 모나코 여행이 몇십 배 증가하였고 자연스레 모나코는 세계적인 관광 도시가 되면서 수입도 급증하게 되었다. 이런 변화는 마침내 모나코 독자 생존의 발판을 마련하였고 프랑스에 합병되는 위기도 무사히 넘길 수 있었다. 그리고 그는 1962년에는 국왕의 권력을 현저하게 감소시킨 헌법도 탄생시켜 상징으로서의 왕위만을 지키게 되었다.

모나코가 이런 과정을 거쳐 부유의 상징으로 되기까지에는 누군가에 의한 계획적인 사전 각본이 있었다는 것이 근거 있는 설(說)이다. 그리고 그 시나리오를 제공한 인물이 바로 1970년대까지 선박왕으로 유명했던 그리스의 아리스토텔레스 오나시스(Aristotle Onassis, 1906~1975)이다. 그가 죽기 전까지 거느린 유조선과 화물선의 선단은 웬만한 나라의 해군력보다 더 큰 규모였다. 본래 부유했던 그는 집안이 세계대전으로 인해 재산을 모두 잃게 되자 자수성가하여 기업을 일으킨 입지전적인 인물이다. 그의 사업 수완은 뛰어났다. 해운업 외에도 카지노, 극장, 호텔 등과 같은 부동산들에 투자하며 사업을 확장, 거부가 되었다. 그리고 그의 사업 계획 중에는 모나코의 이름을 세계에 알려 모나코를 통한 사업을 진행하는 것도 들어 있었다. 그때 만들어 낸 사업 아이디어가 바로 모나코 국왕과 그레이스 켈리를 연결시키는 것이었다. 이런 사업 계획을 가진 그에게 프랑스의 모나코 합병 소식은 좋을 리가 없었다. 그는 친분이 있었던 국왕 레니에 3세에게 합병의 난국을 면하려면 모나코가 세계의 주목을 받는 일을 찾아야 하고 그 일로서 국왕이 결혼을 하면 어떻겠냐고 설득했다. 마침 당시 국왕의 나이는 20대 후반으로 결혼 적령기였기에 왕비감을 자신이 추천해 보겠노라고 말했다. 그리고 선택된 인물이 미국의 국민 여배우 그레이스 켈리였고 그는 켈리의 마음을 얻기 위해 분주히 모나코와 할리우드를 오가면서 중매쟁이의 역할을 비밀리에 충실히 하였다. 그리고 마침 켈리가 모나코에 왔을 때 만남을 주선하여 서로가 호감을 가지도록 했고 마침내 세기의 결혼으로 성사시키게 된 것이다. 그의 시나리오대로 결혼 이벤트는 세계의 이목을 지중해의 작은 나라 모나코로 끌 수밖에 없었고 이로 인해 프랑스의 합병 계획은 수포로 돌아갔고 나아가 모나코에 대한 미국인의 관심을 증대시켜 모나코 관광사업을 일으키는 중요한 계기가 된 것이다. 무게감 있는 국왕과 지적이고 우아하며 이상적인 매력을 지닌 톱스타로 신랑, 신부의 균형을 잘 맞춘 결혼은 대중의 큰 갈채를 받을 수밖에 없었는데 이로써 그의 뛰어난 사업 수완은 여실히 증명되고 원하는 결과물을 보게 된 것이다. 그러므로 오늘날 부유한 모나코를 이룩한 원천이 잘 준비된 두 사람의 결혼에서부터 시작되었다고 해도 무리가 아니다.

프로방스가 들려주는 여행 이야기

그레이스 켈리는 왕실 생활 초기에는 공식 행사 외에는 모습을 드러내지 않고 조용히 내조에만 충실했다. 하지만 베일에 가려진 그녀의 일거수 일투족은 시간이 흐를수록 대중의 많은 궁금증과 호기심을 자아낼 수밖에 없었다. 그뿐만 아니라 아름다운 그녀의 모습은 늘 뉴스가 됐고 가히 폭발적이어서 그녀의 헤어, 의상, 가방은 물론 장신구까지 순식간에 전 세계로 전파되는 파급력을 가지고 있었다. 그러나 고립된 왕실 생활은 자유분방했던 과거와는 비교되지 않을 만큼 제한적이어서 결국 그녀의 인내심에 한계를 가져오지 않을 수 없었다. 인구 3만의 작은 나라에 갇혀 있다는 느낌은 조금씩 그녀를 우울하게 만들어 갔다. 이에 남편 레니에 3세는 혹시라도 그녀가 자극을 받을까 봐 그녀가 출연했던 과거의 영화 전부를 모나코 내에서는 상영을 금지시키는 특별 지시를 하기도 했다. 결혼 6년째 되던 해에 마침 미국 영화사에서 그녀를 주인공으로 하는 영화를 제작하고자 하는 요청이 들어와 이를 계기로 할리우드로 돌아오려고 했지만 모나코 국민들의 심한 반대로 결국 성사되지 못했다. 그래서 여전히 외로운 왕비로 주저앉을 수밖에 없었다. 심지어 남편과는 영어로 대화가 가능했지만 국민들과의 소통을 위해서는 프랑스어를 배워야만 했는데 프랑스어가 너무 어렵다고 여러 번 울기까지 했다고 한다. 이런 그녀의 사생활이 모두 공개된 것은 아니지만 어쨌든 화려한 왕비의 자리가 그녀의 자유분방함을 가로막은 족쇄가 되어 평생을 보낸 것은 유명인만이 당해야 하는 어쩔 수 없는 짐이라 아니할 수 없다. 이러한 사실로 볼진대 인간이 행복해지기 위한 삶의 조건이 무엇인지 시사해 주는 바가 있다는 생각이 든다.

그레이스 켈리의 어릴 적 모습들

　한편 모나코 국왕 레이니 3세는 모나코의 경제 발전을 위하여 많은 심
혈을 기울였고 개인적으로는 사업가 오나시스의 의도적인 도움도 얻어
결과적으로 오늘의 부유한 모나코를 만드는 지도력을 발휘했다. 사생
활 면에 있어 그의 취미는 국왕답게 큰 스케일의 자동차 애호가였다. 평
생 수집한 차가 100여 대에 이르고 수집된 고급 차를 왕궁 차고에 다 보
관할 수 없게 되자 자동차 박물관을 지어 대중에 공개하였다. 뿐만 아니
라 하루에만 60개비의 담배를 피우는 지독한 애연가로도 알려져 있다. 왕
비 켈리는 이상적인 금발과 누구와도 비교할 수 없는 완전무결한 미모에
서 풍기는 우아함, 단아한 맵시는 그 누구도 가질 수 없는 그녀만의 자산
이었다. 비록 짧은 기간 영화배우로서 활동하면서 남긴 가장 대표작은
미국 서부극의 고전으로 꼽히는 '하이 눈(High Noon)'이다. 1952년 제작
된 이 영화에서 켈리는 남자 주인공으로 보안관인 케인(게리 쿠퍼, Gary
Cooper)의 상대역인 아내 '에이미(Amy)'로 출연하였고, 영화는 대 히트

를 거두었다. 제작비의 무려 15배의 흥행 수입을 거둬 서부극 영화의 최고봉이 되었는데, 당시 우리나라는 영화 산업의 초기였지만 현재도 고령층의 많은 영화팬들에게 추억의 영화 한편으로 남아 있다. 그녀는 뷰티풀피플닷컴(BeautifulPeople.com)에서 회원들을 상대로 조사한 세계 왕족 외모 순위에서 압도적인 1위에 랭크되었다. 또, 현재 프랑스 1부 리그 축구 구단으로 모나코를 연고지로 하는 'AS 모나코 FC'의 현 유니폼인 화이트 레드 디자인을 1961년에 직접 제작하기도 했다. 공교롭게도 그녀가 유니폼 디자인을 선보인 그해 모나코는 처음으로 리그 우승을 달성하기도 했다. 'AS 모나코 FC'에는 우리나라 박주영 선수가 2008년부터 3년간 활약하기도 했다.

이야기를 조금 더 이어 가면 모나코 부흥의 실마리를 마련한 오나시스의 사생활에도 세계적 뉴스거리가 존재하고 있다. 오나시스의 첫 결혼은 이혼으로 실패했고, 그는 혼자의 몸으로 사업에만 전념하였다. 그런 그가 62세가 되던 해인 1968년, 젊지 않은 나이에 재혼을 발표했는데 놀랍게도 결혼 상대가 1963년 11월, 미국의 제35대 대통령으로 불의에 암살당한 존 F. 케네디(John Fitzgerald Kennedy, 1917~1963)의 영부인으로서 미망인이 된 재클린 케네디(Jacqueline Kennedy, 1929~1994)였다. 44세의 젊은 나이에 힘 있는 미국 건설의 강력한 희망으로 나섰던 케네디 대통령이 1963년 11월, 텍사스주의 댈러스(Dallas)에서 영부인을 옆에 태우고 리무진으로 카퍼레이드를 벌리는 도중 오스왈드(Oswald)라는 의문의 저격수가 인근 건물에서 쏜 총에 암살을 당하는 충격의 사건이 일어났다. 당시 대통령의 나이는 불과 46세, 영부인 재클린의 나이는 불과 34세였고 대통령은 즉사하였다. 순식간에 미국 전역은 혼란과 슬픔에 빠졌다.

남편과 아버지를 잃은 재클린과 어린 자녀들에게 온 국민의 따뜻한 위로
와 동정이 쏟아졌다. 본래 케네디 대통령의 자녀는 2남 2녀였으나 1남 1
녀는 불행하게도 출생 시 사망하였고 남은 1남 1녀 중 딸 캐롤라인 케네
디(Caroline Kennedy)의 나이는 6살, 아들 케네디 주니어(Kennedy Jr.)는
3살로 아주 어렸다.

케네디 대통령 가족의 다정한 한때(1961년). 1963년 11월, 아버지의 장례식에서 아버
지라는 사실을 모른 채 그저 어른들이 시키는 대로 천진난만하게 경례를 하는 모습이
미국 전역에 방송되어 국민들을 눈물짓게 했다.

후에 아버지의 장례식에 서 있는 어린 캐롤라인의 애처로운 모습을 아
프게 지켜본 당시 이름난 싱어송라이터인 닐 다이아몬드(Neil Diamond)
가 팝송으로 만들어 세계적으로 유명해진 곡이 바로 '스위트 캐롤라인
(Sweet Caroline)'이다. 현재 이 곡은 미국 프로야구 메이저리그 보스턴 레
드삭스(Boston Red Sox)의 홈구장에서 사용하는 응원가로도 유명하다.

프로방스가 들려주는 여행 이야기

세월이 흘러 누나 캐롤라인은 로스쿨을 졸업하고 변호사, 정치인으로서 일본과 호주 대사를 역임하였고 동생 케네디 주니어는 케네디의 유일한 아들로 정계에서 그를 탐냈으나 그가 정치계에는 발을 들여놓지 않았고 연극인, 변호사, 잡지 발행인 등 여러 직업을 거친 다재다능한 인물로 살다가 1999년 경비행기 추락 사고로 졸지에 아내와 함께 38세의 젊은 나이로 사망하여 아버지에 이어 짧은 생을 마감하고 말았다.

국민의 위로와 동정 속에 백악관을 떠난 재클린 케네디는 차츰 세상의 관심이 희미해져 가던 1968년, 남편 케네디 사후 5년이 되던 해, 39세의 나이로 그리스의 선박왕 오나시스와 결혼을 발표하여 전 세계를 다시 한 번 깜짝 놀라게 했다. 이 일로 당시 미국인의 마음속에 흐르고 있던 영부인에 대한 아련하고 애처로운 마음들이 상실되는 듯한 국민적 침통함을 가져왔다. 당시 오나시스의 나이는 62세, 어쩐지 잘 어울릴 것 같지 않은 결합에 미국인들은 의아해했지만 그래도 자신의 인생을 꿋꿋이 개척해 나가고자 하는 젊은 영부인에게 국민은 말 없는 응원을 보냈다.

그 후 재클린 케네디는 재혼하면서 재클린 케네디 오나시스로 이름이 바뀌었고 새로운 생활의 불과 7년 후인 1975년, 69세의 나이로 오나시스는 사망했다. 그때까지 재클린은 그리스와 미국을 오가는 삶을 살다가 1994년 65세의 그리 많지 않은 나이로 세상을 떠났다.

한편 그레이스 켈리가 영화배우로 활동하던 1950년대 그와 영화계의 쌍벽을 이루던 유명 여배우로 마릴린 먼로(Marilyn Monroe, 1926~1962)를 들 수 있다. 우연히도 둘 다 금발이었는데 켈리가 우아한 미의 상징으로 여겨졌다면 먼로는 자유분방한
섹시미의 상징으로 여겨졌다. 두 배
우는 서구 문화가 먼저 발달한 미국
뿐 아니라 온 세계 영화 팬들로부터
열광스런 인기를 차지하였다. 그러
나 켈리는 미국을 떠나 모나코 왕궁
으로 들어감으로 활동을 접을 수밖
에 없었지만, 먼로는 죽기 전까지 미
국의 대중문화를 뒤흔들었다. 그녀의 영역은 영화뿐 아니라 사회 문화적
전 영역에 걸쳐 인기를 휩쓸었다. 타임지 선정 '20세기 가장 영향력 있는
인물 100인'이었고 스미소니언 선정 '미국 역사상 가장 중요한 인물'에 올
랐으며 대중문화를 선도하는 상징이기도 했다. 배우, 가수, 모델로 활동
하면서 문화, 패션, 미술계에 큰 영향을 끼쳤는데 그녀가 남긴 예술적 성
과로 인해 아이러니하게도 미국 역사상 가장 유명한 아티스트(artist) 중
한 명으로도 꼽힌다. 여기서 한 걸음 더 나아가 미디어 대중문화가 만들
어 낸 사회 심리적 현상의 중심에도 그녀는 있었다. 그녀는 익명의 한 개
인이 사회적 요구들에 대한 반응으로서 밖으로 표출하는 공적 얼굴 즉,
실제 성격과는 다르지만, 다른 사람들의 눈에 비치는 한 개인의 모습을
일컫는 페르소나(persona)의 전형이었다. 마치 영화감독이 자신이 표현
하고자 하는 의도를 배우들을 통해 표현하듯이 먼로는 당시 대중들에게
있어 자신의 감정을 대신 표출해 주는 페르소나, 분신(分身)과도 같은 존
재였다. 이런 이유로 인기에 추가된 그녀의 이름은 수많은 상품의 브랜드
가 되었고 이익만을 추구하는 상업주의가 번창했다. 사망한 지 오랜 시간

이 흘렀지만, 여전히 2020년 기준 그녀의 이름과 이미지는 100개 이상의 글로벌 브랜드에서 사용되고 있고 특히 '샤넬 NO. 5(CHANEL N°5)' 향수는 그녀의 트레이드 마크가 되었다. 그녀로 인해 현대 물질 만능주의가 가속화되었고 세속화된 허영주의가 난무하게 되었다는 평을 듣기도 했다.

지금은 그녀가 사망한 지 60년이 더 지났지만, 영화뿐 아니라 대중문화 전반에서 여전히 최상위권 인지도를 유지하고 있는데 이는 생전에 그녀가 남긴 특유의 이미지가 대중의 뇌리에 얼마나 깊이, 특별하게 각인되었는지를 짐작하고도 남음이 있다.

"우리는 유명해지길 원한다."

이 말은 그녀가 팝아트의 거장 앤디 워홀(Andy Warhol)과의 대화에서 남긴 말이다. 이 말 한마디에 그녀가 추구했던 것이 무엇이었는지는 짐작을 하고도 남는다. 그러나 화려한 이미지의 페르소나를 지님에도 불구하고 그녀의 정신세계는 평안하지 않았다. 정상에 올랐을 때는 이미 어쩔 수 없는 파멸적 불운한 사생활이 겹쳐져 있었다. 결국, 1962년, 36세라는 꽃다운 나이에 '약물 과다복용'이라는 석연치 않은 의문을 남기며 세상을 떠나고 말았다.

　모나코에 들어서면 공기마저 부유하게 느껴진다고 한다. 인간이 추구하는 물질적 욕망의 성취가 흐르고 성취를 이룬 사람들의 여유와 화려함이 존재하는 곳이다. 그러나 그 욕망에 감추어진 허무함들은 모든 사람들에게 똑같이 적용될 수밖에 없다는 것을 느낀다. 이러한 사실들은 모나코를 다닐 때는 몰랐지만 모나코를 떠나고 나서 어느 순간에 느껴지는 것들이었다.

　옛사람들의 말 중에 '화무십일홍(花無十日紅)'이란 말이 떠오른다. '열흘 동안 붉게 피는 꽃은 없다'는 뜻이다. 붉은 꽃이 열흘을 못 버티듯이 화려했지만 길지 않은 인생을 살아야 했던 그레이스 켈리와 마릴린 먼로에게도 똑같이 적용되었고 우리 역시 예외가 될 수 없다는 생각에 왠지 모를 아쉬움과 허무함이 느껴지기도 했다.

모나코를 떠나 이제 돌아가는 길로 아비뇽을 향해 출발했다. 한낮의 긴 태양 덕에 고속도로를 몇 시간 달려왔지만 여전히 햇살 가득한 저녁 무렵에 아비뇽 숙소에 여장을 풀었다. 프로방스의 넓은 품은 더욱 조용하고 고즈넉했다. 함께 다니는 단체 여행객들은 찾기 어려운 반면, 가족 단위의 여행객들이 주로 여유와 낭만을 즐기는 이곳, 프로방스. 우리는 다음 날 차량을 반납하고 파리로 가서 마지막 숙박 후 그다음 날 아침 출국 예정이다. '언제 다시 올 수 있으려나' 하는 아쉬움에 호텔에 머무는 시간도 아까웠지만 아무리 다녀 보아도 프로방스는 그 넓은 품을 다 보여 주지 않을 것 같다.

프로방스를 떠나며 다시 뒤돌아보는 프로방스, 중세 페스트의 고통들을 참아내고 견뎠던 리옹의 시민들, 한때 교황의 권력이 장엄했던 아비뇽, 고호와 세잔의 애잔한 인생 스토리가 묻어나는 아를과 엑상프로방스, 그리고 따사로운 햇살과 저녁노을이 로맨틱한 지중해 해변 도시들, 모두가 의미 있는 모습들로, 또 경험과 생각의 공간들로 나를 이끌어 주었다. 비록 짧은 시간이었지만 인간의 역사가 흥망으로, 생성과 소멸로 반복해 가는 것을 확인하면서 좀 더 지혜롭고 겸허해지기를 바랄 뿐이다. 지금 살아 있는 자들이 오늘을 살아가는 이곳 프로방스, 늘 그 아름다움과 넓은 품, 무언의 가르침으로 많은 사람들에게 추억의 여행지가 되기를 바라는 마음이다.

아름다운 지중해 리비에라(Riviera, 해안)

프로방스를 떠나면서 "누구도 산정에 오래 서 있을 수는 없다."는 박노
해 님의 시 한 구절이 떠오른다.

프로방스가 들려주는 여행 이야기

프로방스가 들려주는

여행 이야기

ⓒ 강형선, 2025

초판 1쇄 발행 2025년 12월 1일

지은이   강형선
펴낸이   이기봉
편집   좋은땅 편집팀
펴낸곳   도서출판 좋은땅
주소   서울특별시 마포구 양화로12길 26 지월드빌딩 (서교동 395-7)
전화   02)374-8616~7
팩스   02)374-8614
이메일   gworldbook@naver.com
홈페이지   www.g-world.co.kr

ISBN   979-11-388-5033-9 (03810)